O CARNICEIRO

ALAINA URQUHART

O CARNICEIRO

ROMANCE

Tradução
Marcia Blasques

Copyright © Alaina Urquhart, 2023
Copyright © Editora Planeta do Brasil, 2023
Copyright da tradução © Marcia Blasques, 2023
Todos os direitos reservados.
Título original: *The Butcher and the Wren*

Preparação: Ligia Alves
Revisão: Diego Franco Gonçales e Carmen Costa
Projeto gráfico e diagramação: Márcia Matos
Capa: Evan Gaffney
Adaptação de capa: Fabio Oliveira
Imagem de capa: D-Keine / Getty Images; Gorgev / Shutterstock; IrinaK / Shutterstock

Dados Internacionais de Catalogação na Publicação (CIP)
Angélica Ilacqua CRB-8/7057

Urqhart, Alaina
  O carniceiro / Alaina Urqhart; tradução de Marcia Blasques. - São Paulo: Planeta do Brasil, 2023.
  256 p.

ISBN 978-85-422-2243-2
Título original: The Butcher and the Wren

1. Ficção norte-americana I. Título II. Blasques, Marcia

23-2404   CDD 813

Índice para catálogo sistemático:
1. Ficção norte-americana

Ao escolher este livro, você está apoiando o manejo responsável das florestas do mundo

2023
Todos os direitos desta edição reservados à
EDITORA PLANETA DO BRASIL LTDA.
Rua Bela Cintra, 986 – 4º andar
Consolação – 01415-002 – São Paulo-SP
www.planetadelivros.com.br
faleconosco@editoraplaneta.com.br

Os personagens e eventos deste livro são fictícios.
Qualquer semelhança com pessoas reais, vivas ou mortas,
é uma coincidência não pretendida pela autora.

Para minha mãe e meu pai, que não são obrigados a ler este livro. Vocês com certeza não inspiraram estes acontecimentos (já pensou?), mas inspiraram o ato de escrever. Fui uma criança esquisita, e, de algum modo, vocês souberam o que fazer. Minha admiração eterna por isso.

Para John, que me dá confiança para criar. A cada ano que passa eu te adoro mais. Nunca pare de cantar baladas R&B dos anos 1990 em momentos inoportunos.

Para minhas três bebês maravilhosas, que escrevem livros melhor do que eu e têm o cabelo melhor do que jamais terei. Vocês não podem ler este livro. Larguem ele já.

PRIMEIRA **PARTE**

CAPÍTULO 1

JEREMY ESCUTA OS GRITOS PELOS DUTOS DO AQUECEDOR. Escuta, mas não reage. A rotina noturna é essencial. Suas tarefas mundanas e cotidianas o tornam mais ele mesmo. O simples ato de abrir a velha torneira em seu banheiro asseado o traz para a realidade, lhe dá foco. Normalmente ele termina a noite parado diante do espelho. Toma um banho, e, após isso, quase sempre se segue um barbear rente e tranquilo. Ele gosta de ir para a cama com o corpo e a mente limpos. Todas as noites reserva tempo para esses preparativos, garantindo que ocorram a despeito de qualquer perturbação externa.

Esta noite um grito particularmente alto o tira de sua rotina. Ele olha para o espelho, com a raiva se entranhando em seus sentidos. Ele a percebe crescendo, como uma raiz invasora. Os gritos quase ritmados que se erguem do porão o impedem de pensar com clareza. Desde que consegue se lembrar, sempre odiou barulho. Na infância, quando estava em meio aos sons de um lugar lotado, era como se os arredores se fechassem sobre ele feito um torno. Agora, os únicos sons de que ele gosta são os que vêm do pântano. A sinfonia das criaturas o acalma como um cobertor quente. A natureza sempre cria as melhores trilhas sonoras.

Jeremy tenta bloquear os gritos. Esta rotina é sagrada. Ele suspira, coloca no lugar uma mecha de cabelo loiro que caiu em sua testa e liga o rádio perto do lavatório. O outro momento em que os sons lhe trazem certo consolo é quando escuta música. Bem quando está perto do alívio, "Hotline Bring", de Drake, toca pelos alto-falantes, e ele desliga o rádio imediatamente. Às vezes parece que Jeremy nasceu na época errada.

Lentamente, ele limpa o sangue e a sujeira das mãos, tentando não se preocupar com os gemidos abafados e agonizantes que escapam alto demais pelos dutos do aquecedor. Ele olha para o próprio rosto no espelho com severidade. A cada ano, é como se suas maçãs do rosto se erguessem um pouco mais e se tornassem mais proeminentes. É uma consequência estranhamente satisfatória que o envelhecimento lhe traz, e ele se sente abençoado por isso. Muitas pessoas "ajustadas" admiram um crânio bem esculpido. A maioria nem chega a entender quão primitiva e sinistra é essa fixação em particular. Grande parte das pessoas não se permite ver o lado selvagem de uma psique que foi moldada há milhares de anos, a partir da necessidade geralmente brutal de seus ancestrais de sobreviver. Esses são os traços que a evolução considerou úteis. As pessoas são apenas tolas demais para entender que suas próprias predileções sugerem um caldo genético enraizado na brutalidade.

Jeremy não parece alguém enredado na perversão. Ele se mostra inócuo e, às vezes, pode parecer totalmente saudável. É por isso que tudo funciona. Existe uma planta chamada

Amorphophallus titanium, coloquialmente conhecida como flor-cadáver. É grande, bonita e desprovida de qualquer mecanismo externo que sugira que ela é perigosa. Mesmo assim, quando floresce, a cada dez anos mais ou menos, exala um odor que lembra carne podre. Mas sobrevive. Prospera. Ele não é tão diferente da flor-cadáver. As pessoas se reúnem em torno dessa curiosa planta, e ela de fato possui uma base de admiradores, apesar de suas peculiaridades.

Amanhã é quinta-feira. As quintas são suas sextas, mas ele odeia de verdade quando as pessoas dizem esse tipo de coisa. Mesmo assim, desfruta do luxo de tirar as sextas de folga desde que começou seu segundo ano na Faculdade de Medicina da Universidade de Tulane. Ainda que tenha algumas aulas para acompanhar, as sextas-feiras são o início do seu fim de semana, que é quando ele consegue fazer grande parte do seu trabalho. E ele está particularmente animado, pois tem bons planos para seus hóspedes atuais nesses dias. Claro que executar os planos em todo o seu potencial vai depender de sua capacidade de acrescentar mais uma pessoa ao grupo.

Emily se juntaria a eles, seguramente. Foram semanas de análise depois que os dois começaram sua parceria no laboratório de biologia, e ele agora tem certeza de que ela garantiria o desafio que ele tanto deseja. Emily corre alguns dias por semana e não parece encher o corpo de lixo, então, provavelmente tem energia. Ela mora com duas colegas em Ponchatoula, onde alugam uma casa grande e antiga, fora do campus. Além de uma disposição para revelar muito sobre si mesma para seu novo parceiro de laboratório, ela é competente, autoconfiante e inteligente, características que serviriam muito bem ao jogo dele. As demais companhias também têm seu valor, mas ele imagina que, depois da prolongada estadia em sua casa, não vão estar animadas para o fim de semana inteiro de atividades que ele planejou para o grupo.

Seus outros dois convidados já passaram por alguns incentivos desde que chegaram, no sábado à noite. Jeremy conseguiu envolver os dois no Buchanan's sem qualquer preparativo prévio. Em geral ele levava algum tempo para conhecer seus hóspedes potenciais, como fez com Emily, mas esses dois caíram do céu. É como se o universo estivesse pedindo para ele cuidar do lixo. É claro que ele aceitou.

Katie e Matt são dolorosamente normais. Carecem de qualquer senso de pensamento próprio e estavam mais do que ansiosos para ir à casa de alguém bem-apessoado apenas com a promessa de drogas. Os dois agora sabem que fizeram uma péssima escolha. Jeremy escuta um gemido angustiado escapar mais uma vez pelo duto de aquecimento e percebe que está perdendo a paciência.

Ele abandona seu ritual noturno e desce apressado a escada até o porão, onde estão seus hóspedes. Consegue ouvir imediatamente que os gemidos baixos de Katie se transformam em ganidos de medo, e o corpo pequeno dela se encolhe fisicamente quando ele se aproxima.

— Você precisa estar ciente do fato de que está hospedada na casa de alguém — ele diz, olhando direto para os olhos castanhos lamacentos dela.

Ela é irremediavelmente normal. Cabelo castanho e sem vida que gruda no pescoço com o sangue coagulado como se estivesse colado. Sua estética é inteiramente de gentinha, embora ela tente desesperadamente esconder isso. O aspecto de seus dentes, que quase se parecem com os de um rato, poderia ser considerado charmoso se ela não fosse tão absurdamente obtusa. Quando ele se aproximou dela no bar, ela estava presenteando Matt com uma historinha sobre seus tempos de líder de torcida na escola – um relato patético que parecia absurdo, considerando a forma que ela se encontra neste momento. Ele ajusta as correias que a prendem à cadeira e se assegura de que a bolsa de soro intravenoso esteja hidratando o sistema dela de maneira adequada. Nenhuma dobra na cânula, e a bolsa ainda está quase cheia.

— Matt está sendo respeitoso. Faça como o Matt, Katie. — Ele sorri de orelha a orelha e faz um gesto na direção do corpo silencioso e imóvel de Matt, largado na cadeira ao lado dela.

Ambos sabem que ele desmaiou, provavelmente por causa do choque, durante a visita anterior de Jeremy. Katie começa a chorar alto, e ele revira os olhos. Ela está testando a gentileza dele, e Jeremy está ficando cada vez mais enojado com o desespero dela. Ele fica parado em silêncio no escuro ao lado dela, apertando o play no aparelho de som portátil entre as duas cadeiras. "A Girl Like You", de Edwyn Collins, preenche o espaço. Ele sorri para si mesmo. Enfim um som decente.

— Ah, assim é melhor. — Ele se remexe com a música e dá a Katie a oportunidade de se recompor.

No fim do primeiro refrão, ela começa a chorar mais alto ainda. Sem hesitar, ele pega o alicate atrás da cadeira dela e, com um movimento rápido, arranca a unha pútrida e rosa-choque de seu polegar esquerdo. E, quando ela grita, ele puxa o rosto dela até quase encostar no dele.

— Faça qualquer outro som e eu começo a arrancar os seus dentes. Entendeu? — ele ameaça.

Tudo o que ela consegue fazer é assentir, e ele joga o alicate de lado. Com uma piscadela, sobe a escada.

Ele não foi criado com muita misericórdia. Na verdade, foi criado com quase nada. Seu pai era um homem duro, apesar de justo, que esperava certo nível de submissão em sua casa, tanto da esposa quanto do filho. Se Jeremy pegasse o pai numa boa hora, aprendia habilidades e lições duradouras, sempre por meio de instruções cuidadosas. Um mecânico de aviões na cidade, o pai de Jeremy mantinha em casa várias peças de equipamento aeroespacial. Embora não fosse um trabalho que exigisse educação formal, Jeremy sempre se orgulhou do fato de o pai trabalhar com aviões, e o tempo todo estava disposto a aprender sobre essa que é uma das invenções mais significativas da humanidade. No entanto, se aparecesse no momento errado, Jeremy era recebido de forma cruel.

Apesar da volatilidade do pai, todos os dias Jeremy ansiava pelo momento em que ele chegava do trabalho. Os dois não faziam muitas coisas juntos, mas era isso que ele mais apreciava. Depois de passar o dia todo com a mãe, ele gostava do silêncio confortável que pairava entre eles enquanto assistiam a alguma coisa na TV, antes da hora de dormir. Seus dias eram basicamente preenchidos com uma pesada dose de negligência temperada com alguns momentos de excesso de atenção da mãe, como se ela não conseguisse regular sua afeição. Ela sempre era ou demais ou de menos.

Um descanso constante dos caprichos imprevisíveis de seus pais vinha dos livros, que sempre prenderam a atenção de Jeremy. Aos sete anos, ele ainda não tinha entrado na escola. Por mais negligente que fosse, de vez em quando a mãe o levava à biblioteca na avenida St. Charles. Eles sempre iam lá durante a semana, enquanto o pai dele estava trabalhando. Jeremy não entendia, naquela época, que sua mãe levava o único filho à biblioteca a fim de poder manter seu caso com um dos bibliotecários, mas ele absorveu as lições sobre enganação que esses passeios proporcionavam. Aprendeu desde cedo a nunca contar para o pai que a mãe o deixava sozinho vagando pelas estantes, enquanto ela se retirava para uma sala nos fundos com o sr. Carraway. Mais importante ainda, ele ensinou a si mesmo a roubar. Levava livros para casa, no casaco ou na mochila, sabendo que a mãe não iria verificar. Hoje, Jeremy tem quase certeza de que os funcionários simplesmente olhavam para o outro lado por pena dele, mas, naquela época, sentia como se estivesse envolvido em furtos semanais.

De vez em quando a sra. Knox, uma das bibliotecárias, tentava conversar com ele. Um dia ela ousou perguntar se estava tudo bem em casa, e a voz dele tremeu de preocupação. Ele não respondeu e, em vez disso, pediu para ela um livro sobre lobotomia. Fazia pouco tempo que ele se encantara com esse procedimento médico arcaico e com seu praticante mais entusiasta, o dr. Walter Freeman. No fim de semana, o pai assistira à reprise de um episódio de *Frontline* chamado "Mentes fraturadas". Era um olhar chocante sobre o sistema de saúde mental e destacava um método para lobotomizar pacientes diagnosticados com diversas doenças, em especial a esquizofrenia, cortando o circuito presumido ou a rede de circuitos que, acreditava-se, era responsável pelo comportamento atípico do paciente.

A lobotomia pré-frontal do dr. Freeman atraiu demais sua atenção. A alcunha "lobotomia com picador de gelo" era um apelido excepcionalmente provocativo. Evocava imagens de um cirurgião imaculado, incomodado pelo desejo de explorar a mente doente. Mais tarde, em 1992, quando ouviu o termo lançado de maneira descuidada no noticiário, como um método que o serial killer Jeffrey Dahmer usava para subjugar suas vítimas, Jeremy ficou enojado. Dahmer era tão perturbado que pensou que poderia fabricar seus próprios zumbis injetando produtos de limpeza e ácidos nos cérebros das vítimas. Era um imbecil. Chamar o que ele fazia de "lobotomia" era como chamar o que Ted Bundy fazia de "namoro". Jeremy praticamente podia ouvir o dr. Freeman se revirando no túmulo.

Jeremy era uma criança que ansiava por conhecimento. E, cronicamente pouco estimulado, saciava seu apetite por meio da experimentação. Um dos primeiros conselhos do pai ecoou em sua mente ao longo dos anos.

— Quer aprender sobre alguma coisa, filho? Você tem que pegar essa coisa e abrir para saber.

CAPÍTULO 2

O AR DA LOUISIANA PARECE IMPENETRÁVEL, MESMO TÃO cedo. A patologista forense Wren Muller ainda está piscando para acordar direito quando desce de seu carro, na noite abafada. Ela olha para o relógio e se encolhe, pensando como seria bacana se os criminosos pudessem deixar de lado seus negócios nefastos às duas da manhã pelo menos por alguns meses.

Ela pisa em algum tipo de vegetação espessa e encharcada, firmando-se nas raízes expostas de um cipreste-calvo ali perto. As ranhuras do tronco parecem capazes de engoli-la, como se fossem as mãos de alguma criatura antiga e folclórica do pântano. Ela para, esperando que os olhos se acostumem à luz artificial mais à frente. As lanternas de três policiais apontam para baixo, para algo que está na beira da água. Os fachos de luz atravessam a escuridão, fazendo tudo ao redor ganhar uma camada negra ainda mais grossa. O contraste é bem-vindo. Ajuda a cena a ter foco.

O corpo seminu da mulher morta está amontoado sob uma quantidade substancial de mato alto que se alinha à margem da água. Sua cabeça e ombros estão completamente submersos nas águas escuras e lamacentas. O restante do corpo está de bruços, ondulando pelo mato. A mulher é alta e tem peso mediano. Quando olha por sobre o ombro, Wren consegue ver os legistas assistentes vindo logo atrás dela, carregando uma maca. Mesmo sendo três, vai ser difícil tirar o corpo deste pântano sinistro.

Apenas duas semanas antes, os investigadores retiraram o corpo em decomposição de outra jovem que estava atrás do bar Twelve Mile Limit. Ela foi encontrada de bruços, em meio a uma poça, encharcada com a água fétida do pântano. Enquanto supervisiona a área, Wren não pode deixar de pensar nos paralelos, e, ainda que o alarme soe imediatamente, ela o contém. Ela sempre recebe um corpo sem viés ou expectativa. No entanto, mesmo enquanto se concentra totalmente nesta mulher não identificada em particular, Wren faz uma anotação mental para procurar objetos escondidos deixados pelo assassino. Quando a vítima do assassinato anterior foi encontrada, há duas semanas, foram descobertas várias páginas amassadas de um livro enfiadas em sua garganta. Estavam encharcadas e quase inteiramente ilegíveis, mas uma página com a informação *Capítulo 7* quase invisível estava praticamente intacta.

Wren se aproxima com cuidado da cena do crime. A mulher não identificada está sem blusa, usando apenas um jeans sujo e um sutiã azul. Há uma grande laceração horizontal em seu estômago. Ela foi quase eviscerada por um instrumento grosseiro. Wren não pode deixar de pensar em como as cigarras deviam estar ensurdecedoras quando a vítima foi largada ali. Certamente estão agora, enquanto a equipe cansada tenta juntar as peças para entender os momentos finais da mulher. *Será que o assassino estava pensando no último suspiro que tirou da vítima enquanto arrastava seu corpo sem vida para apodrecer aqui?* Os pensamentos dos pervertidos fascinavam Wren. Mas os últimos pensamentos dos mortos a fascinavam ainda mais.

Wren olha mais uma vez para a cena e nota uma pulseira trançada no pulso esquerdo da vítima. A cor original provavelmente era branca, mas agora tinha o tom de algo bem usado e bem vivido. Ela pensa na mulher comprando esse acessório inócuo. Pode vê-la pegando a peça nas mãos e virando-a de um lado para o outro antes de decidir comprá-la. Uma compra por impulso na gôndola perto do caixa, agora perpetuada na morte.

Ela percebe que está mais perto do corpo agora. Seus colegas a ajudam puxando a vítima pela margem inclinada, tirando lentamente a cabeça da água, para poderem ver melhor. A lividez se instalou visivelmente no rosto da mulher. O sangue coagulado que deixou de fluir quando o coração parou de bater seguiu a força da gravidade e se acumulou no rosto, formando manchas que marcam as bochechas e a testa. É difícil ver nitidamente com a iluminação fraca, mas Wren acha que a lividez é de um tom rosa-escuro, sugerindo que a vítima deu seu último suspiro cerca de dez horas antes deste momento. O *livor mortis,* em geral, começa cerca de meia hora após o óbito, mas só é visível com certeza umas duas ou três horas depois. Após mais ou menos seis horas, o *livor mortis* escurece até ganhar um tom rosa-escuro que fica evidente a olho nu. Doze horas após a morte, a lividez atinge seu nível mais alto.

Quando seus olhos percorrem o rosto da vítima não identificada, congelado em uma expressão de pavor permanente, Wren percebe um hematoma severo no pescoço dela. É um indicativo claro de estrangulamento. Após observar esse ferimento como um lembrete para examiná-lo melhor assim que voltar ao necrotério, ela coloca luvas de látex roxas e passa um dedo pelos entalhes profundos que marcam a carne na garganta da mulher.

Também dá tapinhas no contorno dos bolsos da vítima, procurando cuidadosamente qualquer coisa volumosa ou afiada. É incrível quantas vezes ela já agradeceu por essa precaução extra, por exemplo, quando sente uma seringa pelo lado de fora e evita uma ida ao médico. Sem sentir nada potencialmente perigoso, ela enfia a mão nos bolsos da mulher, mas não encontra nada – nenhuma identificação no corpo.

— Acharam alguma coisa perto dela? Carteira? — Wren pergunta, embora já saiba a resposta.

Ela ergue os olhos para os três policiais que iluminam a cena com suas lanternas, esperando pela confirmação. Os três negam com a cabeça.

O jovem da direita move sua lanterna sem cuidado pela área que cerca o corpo.

— O que você está vendo nós estamos vendo. Nada de carteira, identidade ou armas à vista.

Mesmo não gostando muito da atitude, Wren assente e manipula os membros da vítima, revelando uma tatuagem antiga e desbotada na parte de trás do bíceps. Parecem mãos em posição de oração com um rosário entrelaçado nelas.

— Me passe a câmera — pede Wren, estendendo a mão sem tirar os olhos da tatuagem.

Um dos legistas assistentes, recém-contratado, corre para tirar o equipamento da bolsa e quase o derruba antes de colocá-lo na mão aberta de Wren. Ela tira algumas fotos da tatuagem antes de procurar outras.

— Vamos tirar fotos melhores na sala de autópsia, mas é sempre uma boa ideia se precaver e tirar algumas a mais. Nunca se sabe o que pode acontecer no translado. Como não temos a identidade, vamos precisar de todos os identificadores que pudermos conseguir, senão ela vai passar meses no necrotério — Wren explica, devolvendo a câmera para o legista assistente e estalando os dedos. Ela sabe que é um costume horrível, mas é um costume que ela tem, fazer o quê? — Certo, o que nós podemos usar para determinar a hora da morte?

Wren olha para seus dois jovens aprendizes, e imediatamente os rostos de ambos perdem a cor.

O primeiro gagueja para transmitir o que ele obviamente sabe:

— Hum, bom, tem a lividez...

Ele se inclina para a frente e gesticula na direção do rosto vermelho da vítima.

Wren dá um sorriso irônico e confirma com um gesto de cabeça.

— Sim, isso dá pra ver. Eu quero um método menos óbvio.

Ela sabe que ele é inteligente. Ainda não é muito rápido nas respostas, mas sabe o que precisa ser feito. A rapidez vai vir com o tempo. Daqui a pouco ele não vai nem precisar pensar antes de agir em uma cena de crime, ou quando voltar à sua sala.

Ele passa a mão pelo cabelo preto, de um jeito levemente ansioso, e sugere:

— Temperatura retal?

Wren faz uma arminha com os dedos na direção dele, e então balança a cabeça com uma careta.

— O seu instinto é bom. Se a gente estivesse em um ambiente com temperatura controlada, essa resposta seria excelente. Infelizmente não dá para confiar, nem para desejar, que a temperatura tenha se mantido em agradáveis vinte e sete graus todo o tempo que essa mulher ficou aqui. — Ela gesticula na direção da maca e instrui. — Abram o saco para que possamos tirá-la daqui.

Enquanto os legistas assistentes desdobram o saco para cadáver, Wren prossegue:

— Você estava certo sobre a lividez. Está fixa no nível mais alto, o que quer dizer que nós provavelmente estamos trabalhando com um período de doze horas. Peguem o braço dela.

Os dois assistentes se aproximam, e Wren assente para autorizar que cada um segure um dos braços da mulher morta.

— Tentem manipular — ela diz enquanto os observa lutar para mover os braços, mesmo que de leve, para um lado ou para o outro.

— Nossa, está rígido — um dos aprendizes de Wren aponta.

Wren puxa as luvas para cobrir melhor os pulsos.

— Exatamente. O *rigor mortis* já apareceu, e o corpo está rígido. E ainda não começou o processo de decomposição. O que isso quer dizer?

Os policiais na cena do crime estão claramente irritados. Fazem questão de suspirar e olhar dramaticamente para o céu, como se tivessem mais o que fazer no meio da noite. A demonstração de impaciência não a incomoda. Se ela é obrigada a estar acordada, em um pântano, com uma mulher morta, às três da manhã, pelo menos vai aproveitar para treinar alguns novatos no processo.

O legista assistente que está mais perto dela se levanta, alisando a calça.

— Bem, isso se encaixa no período de doze horas. Poderia ser um tempo ainda mais longo, chegando até a trinta horas, com esse tipo de rigidez.

Esse é o cara.

A confiança crescente do rapaz é promissora. Com a quantidade de casos que tem, Wren pode usar toda a ajuda competente que conseguir encontrar.

— Bingo. E olhem o que nós temos aqui — ela diz, e aponta para a nuvem de moscas negras que todo mundo fica afastando do rosto. — Eu sei que tem insetos demais neste lugar, mas essas aqui são varejeiras. Elas chegam primeiro no cadáver, e botam ovos que eclodem em larvas. Não temos larvas ainda, mas os ovos já foram depositados a esta altura. Isso tudo ainda nos deixa dentro do período de tempo estimado. Parece que o assassino pode ter feito isso até mesmo no meio do dia. Quem quer que seja, é um desgraçado.

Os novatos estão desempenhando o papel de alunos atentos, mas o jeito como ambos apoiam o peso do corpo em uma perna e depois na outra, balançando-se de leve para se manterem despertos, é um recado para Wren de que sua plateia já se dispersou. Antes que eles se virem para ir embora, um jovem policial os chama para perto da fileira de árvores.

Ele segura uma lanterna apontada para baixo e exclama:

— Ei! Achei algumas roupas aqui!

Wren não consegue conter a risadinha que escapa de seus lábios enquanto comenta, sarcástica:

— E pensar que vocês já estavam de saída.

O policial de antes a encara com indignação antes de caminhar em direção às árvores. Wren o segue, fazendo sinal para os técnicos ficarem onde estão com o cadáver. Quando se aproximam da área iluminada pela lanterna, alguns objetos fora de lugar entram em foco. Embaixo de um arbusto é possível ver uma camiseta amarela imunda, dobrada com cuidado, com um par de chinelos pretos em cima. Uma foto é tirada antes que um policial pegue cada um dos itens e os coloque em um saco para coleta de evidências. Quando a camiseta é desdobrada, alguma coisa cai no chão com um pequeno baque.

— É um livro? — Wren questiona enquanto se abaixa e acende sua pequena lanterna também.

Diante dela está uma brochura intitulada *O carniçal*. Uma inspeção minuciosa revela se tratar de uma antologia de contos de terror. Alguém atrás dela tira uma foto, e Wren levanta o livro quando fica em pé. Ela o vira nas mãos e o estende para os policiais que estão na sua frente.

— Já ouviram falar desse livro?

Todos negam com a cabeça. Um deles estende uma mão enluvada para pegá-lo.

— Vocês acham que é da vítima? — ele pergunta, abrindo as páginas distraidamente.

— Acho que nós vamos descobrir — Wren retruca, observando o policial guardar o livro em um saco junto com as roupas, para ser processado.

Ela dá meia-volta, afundando no chão encharcado sob seus pés. É com um *tchape* audível que liberta o pé o suficiente para conseguir voltar para perto da maca. Ela ajuda os assistentes a colocarem a vítima no saco e depois na maca, notando a lividez da moça novamente antes de tirar as luvas. Sob uma luz diferente, parece ser um tom ainda mais vivo de rosa. Ela caminha com cuidado de volta para o furgão, com o corpo e os dois técnicos logo atrás. Abrindo a porta de trás do carro, ela espera que a equipe atravesse o terreno irregular e, em silêncio, se assusta com a ideia de ter mais um corpo não identificado em seu necrotério.

— Quem está sentindo sua falta agora? — ela pergunta baixinho, quando a vítima passa diante dela.

Um policial ali perto dá uma risadinha.

— Algum corpo já respondeu pra você? — ele provoca.

Wren olha bem nos olhos dele antes de fechar a porta traseira com força e seguir até o lado do motorista.

— Você ficaria surpreso se soubesse quantos segredos os mortos já me contaram.

CAPÍTULO 3

AS MANHÃS SÃO BOAS. JEREMY ANSEIA POR UMA XÍCARA DE café forte, e sempre faz questão de tomar café da manhã. No geral, o restante do dia é disperso e imprevisível, com as pausas para o almoço gastas fazendo pesquisas, então ele nunca tem tempo para refeições completas. Ele dá uma olhada na pequena TV sobre o balcão da cozinha. O noticiário está em sua segunda semana de cobertura da história de dois condenados que fugiram do presídio Clinton, em Dannemora, no estado de Nova York. Até mesmo na Louisiana as pessoas estão cativadas pela história de um funcionário da prisão devotado que ajudou dois assassinos condenados a fugir, como se fosse o filme *Um sonho de liberdade* na vida real.

Enquanto assiste à TV, Jeremy prepara ovos mexidos e os come com linguiça de peru. Ele já pensou em se tornar vegetariano, pelos benefícios à saúde, mas não consegue racionalizar isso direito. Tem mais consideração e respeito com os animais que com a maioria dos membros da sua própria espécie, sobretudo pela capacidade que eles têm de sobreviver assim que chegam ao mundo. A empatia não entra na equação, e é por isso que ele não sente a necessidade de se privar de uma fonte fácil de proteína. Depois de limpar seu prato, ele vai lá para baixo ver como estão seus convidados.

Katie está estranhamente quieta.

Acho que ela dá valor àqueles dentes, ele pensa consigo mesmo.

A mão esquerda dela está coberta com sangue que pingou e secou ao redor da perna da cadeira e no chão. Ela está largada em uma posição de autorrelaxamento, que o faz ter um desejo intenso de incomodá-la. Infelizmente ele já está atrasado e não tem tempo para prazeres irrelevantes esta manhã. Em vez disso, ele lhe dá uma piscadela. Ao vê-lo, Matt começa a dar um chilique cheio de testosterona, cuspindo e xingando enquanto tenta libertar os braços das correias que o prendem à cadeira. Jeremy percebe que Matt passou a noite tentando deslocar a cadeira do piso do porão, mas tudo o que conseguiu fazer foi estilhaçar parte de uma das pernas do móvel. Todas as cadeiras foram cimentadas na fundação, há muito tempo. Não vão a lugar algum. Por uma questão de diligência, pensa por um momento qual seria o plano de Matt se por um milagre ele conseguisse mover a cadeira, mas rapidamente decide não perder tempo. Matt é estúpido demais e está cada vez mais fraco, portanto, é incapaz de derrotá-lo. Ele verifica as bolsas de soro intravenoso e começa a reabastecê-las, enquanto Matt faz sua melhor personificação de cara durão.

— Juro que vou te quebrar, seu bicha! — ele grita, espalhando cuspe no rosto de Jeremy.

Ele pensa em usar o alicate nos dentes da frente de Matt, mas não tem outra camisa limpa passada para trocar agora. Além disso, é difícil sentir algo além de nojo de um homem sentado no próprio mijo e ainda usando palavras como *bicha*. Em vez disso, ele responde agressivamente, agarrando o rosto de Matt e plantando um beijo profundo bem em sua boca, além de morder seu lábio inferior com força suficiente para ouvir um estalo satisfatório. Às vezes ele se permite ceder aos instintos hedonistas, e raramente se arrepende.

— Você veio para cá por vontade própria. Se lembre disso — ele rosna quando a boca de Matt se enche de sangue.

Matt cospe e grita de maneira incoerente, enquanto Katie choraminga baixinho ao lado dele. Jeremy sorri em resposta, enquanto se dirige ao andar de cima, usando um lenço para secar o sangue de Matt de sua própria boca. Dá uma última olhada em sua aparência no espelho do corredor, arruma uma mecha de cabelo loiro no lugar e sai pela porta.

***

Seu trabalho diário é inserir dados e o faturamento de uma empresa de armazenamento e logística. É tão chato e estúpido quanto parece, e ele odeia ter que passar grande parte de sua semana adicionando números em um programa de computador. Hoje ele chega ao hall de entrada da Lovett Logistics depois de deixar uma atmosfera densa do lado de fora. O verão na Louisiana faz caminhar pelo estacionamento parecer um passeio em cima de manteiga quente. Pesado, úmido e opressor. Lá dentro, ele sente o corpo lutar para se aclimatar ao ar frio enlatado que sai em todas as direções. Entre o ar-condicionado usado em excesso, os idiotas boca-aberta da empresa e a consciência de que será obrigado a ficar enfurnado nessa lata de sardinha pelas próximas horas, tudo é um completo pesadelo para ele. Ele enfia a mão na bolsa e percebe que esqueceu o cartão de identificação que lhe garante acesso ao edifício, graças à distração promovida por Katie na noite passada. Com um suspiro baixo, ele se aproxima da mulher atrás do balcão da frente. Ela está levemente acima do peso, com braços que o fazem lembrar da pele de frango oleosa e crocante, e ela rotineiramente os deixa à mostra com vestidos e blusas sem manga. Seu rosto redondo é emoldurado por um cabelo loiro ultraprocessado que claramente não vem das raízes escuras. Ele nunca teve curiosidade por saber qual a cor dos olhos dela, porque a quantidade de maquiagem que ela usa o deixa com o estômago enjoado. Hoje ele nota tons de verde, como se algum fungo tivesse tomado conta da cavidade ocular dela, saindo pelas pálpebras para tomar o restante do rosto rechonchudo. Como sempre, ela está mexendo no celular, sem dúvida verificando a massa de bárbaros que enchem sua caixa de mensagens com propostas vagamente agressivas em qualquer que seja o aplicativo de namoro que ela espera que lhe traga sua alma gêmea.

— Posso fazer algo por você, Jeremy? — ela pergunta quando ele se aproxima.

Jeremy estremece quando ela usa seu nome, já que faz questão de jamais gravar o dela na memória. Ele força um sorriso amistoso e apoia o cotovelo no balcão diante dela.

— Você pode ser um anjo e liberar a minha entrada — ele pede, charmoso, gesticulando na direção de sua bolsa. — Esqueci o meu cartão, e estou doido para ir para a minha sala, começar a trabalhar.

Ela dá uma risada alta, cobrindo a boca como se isso a fizesse parecer uma lady. Ele resiste à vontade de suspirar e, em vez disso, ri com ela. Ela sorri e pressiona o botão para liberar a entrada com uma unha de acrílico.

— Você me deve uma — diz ela, com uma piscadinha.

— Não te devo merda nenhuma — ele responde, frio, enquanto deixa o hall. Ela provavelmente vai considerar o comentário dele uma brincadeira. Na verdade, ele não se importa.

CAPÍTULO 4

WREN PRENDE O PROTETOR FACIAL E OLHA EM SILÊNCIO para o corpo deitado diante dela na maca fria do necrotério. A mulher a encara de volta por trás de uma pálpebra caída. Até mesmo seu olho direito entreaberto grita os horrores que ela suportou.

Suas roupas encharcadas já foram fotografadas e removidas. Agora os técnicos estão escaneando os tecidos em busca de uma fibra, um fio de cabelo ou qualquer coisa que possa ser rastreada até o monstro que fez isso. Wren apalpa o corpo à procura de ossos quebrados, prestando atenção especial na hemorragia petequial ainda visível no rosto, mesmo a decomposição já tendo começado a devastar suas feições. O sol da Louisiana é bem implacável para os vivos, mas é particularmente cruel para os mortos. Wren estima que essa vítima esteve exposta às intempéries por talvez um dia, como evidenciam o leve inchaço e a falta de putrefação significativa.

Ela observa um hematoma ao redor da garganta, onde múltiplas ligaduras se entrelaçaram e cortaram profundamente o tecido ao redor da laringe. Essa não foi a causa da morte. Além do ferimento no estômago, que Wren aposta ter sido o golpe fatal, o hematoma no pescoço indica fluxo sanguíneo, o que só ocorre quando o coração está batendo. Esta pobre garota foi estrangulada mecanicamente sem a intenção de morte. O estrangulamento brutal foi apenas uma coisa que o assassino gostou de fazer antes de finalmente lhe dar o alívio da morte, de uma das maneiras mais dolorosas que se pode imaginar.

A ferida no estômago, que atravessa todo o abdome, é irregular e profunda. O sangue coagulou dentro do ferimento, o que indica que o assassino o infligiu enquanto a vítima ainda estava viva. Entre o *rigor mortis* que ainda permanece em alguns de seus músculos e a temperatura do fígado, a morte se deu nas últimas trinta e seis horas, mais ou menos. Infelizmente, a lividez *post-mortem* que ela determinou na cena do crime indicava um período um pouco menor. Ela esperava que essas manchas fossem vermelho-escuras, azuis ou roxas, mas o sangue acumulado sob a pele da vítima é de uma coloração rosa bem forte.

Wren franze o cenho diante da discrepância, mas decide continuar com o exame. A lividez também é útil para determinar se alguém moveu o corpo depois da morte, como foi o caso da vítima que está sobre a mesa de Wren. O sangue que parou de fluir depois que o estômago da mulher foi rasgado se acumulou do lado direito do quadril, no rosto e em pequenas áreas do braço direito. A vítima ficou deitada desse lado depois da morte. Também havia sinais de sangue acumulado na lombar e nos ombros, então ela ficou de costas em algum momento também. Dadas as cores mais profundas da lividez do lado direito, é seguro deduzir que ela morreu deitada desse lado e que depois foi colocada de costas. Esses detalhes se juntam como um quebra-cabeça bem encaixado, mas a cor da lividez ainda faz Wren hesitar.

O detetive John Leroux entra na sala, colocando uma máscara e uma luva de látex na mão direita. Seu maxilar anguloso está cerrado, e seus olhos profundamente azuis, a única coisa visível por sobre a máscara, parecem fazer um milhão de perguntas.

Wren ergue os olhos rapidamente quando ele entra na sala de autópsia. Ela consegue ler as expressões dele imediatamente, depois de anos trabalhando juntos. Ele está sobrecarregado e espera por respostas.

— Me diga que você tem alguma coisa para mim, Muller — ele pede enquanto ajeita o cós da calça e apoia as mãos nos quadris.

Wren hesita um instante antes de erguer os olhos.

— Ele a refrigerou.

CAPÍTULO 5

SENTADO EM SUA MESA, JEREMY LIGA A TELA DO COMPUTADOR e coloca o café e o celular ao seu alcance. Ele prefere iniciar o dia com uma passada geral pelos sites de notícias e pelas redes sociais. Hoje, a página principal do *Times-Picayune* chama sua atenção. "Buscas por homem e mulher de Nova Orleans desaparecidos se intensificam, enquanto amigos continuam em vigília". Mal consegue conter a gargalhada. As vigílias sempre o fascinaram.

Qual é a utilidade das suas velas e fotos enquanto Katie e Matt sofrem no meu porão?

Ele infere que os tais "amigos" das fotos das reportagens, com olhos marejados e solenes, estão mais interessados em verem a si mesmos nos jornais. Todo mundo tem uma motivação. A disposição para exibir sua perda deixa claro que essa gente está se aproveitando dos holofotes para satisfazer a própria necessidade repugnante de atenção. Ele vasculha o restante da notícia, que detalha a urgência de localizar aquelas duas desgraças para o *pool* gênico que estão em seu porão.

— É assustador pra caramba, né? — seu colega Corey o interrompe, apoiando o cotovelo do lado de Jeremy da mesa, enquanto toma seu café. — Esses dois vão acabar como os outros. As similaridades são evidentes demais para ignorar, sabe? Assim que larga uma vítima, ele pega outra dali a poucos dias. Você viu que parece que encontraram aquela outra garota que estava desaparecida, né? — Corey balança a cabeça e toma outro gole de café. Ele está se referindo aos outros, e está parcialmente correto. Jeremy já faz isso há um tempo, somando seis vítimas até agora. No geral, ele fazia exatamente o que Corey supôs. Assim que se cansava de uma, saía em busca de outra. Essa foi a única vez que ele ficou com mais de uma. Katie e Matt chegaram a sua casa enquanto Meghan ainda estava parcialmente viva. Não era o plano, e era arriscado, mas às vezes o improviso é necessário quando as pessoas certas aparecem.

Meghan era uma criatura triste e desesperada que Jeremy convenceu a deixar o bar em sua companhia na última quinta-feira. Era barulhenta, ruidosa e arrogante, e o irritou desde o momento em que abriu a boca. Em um determinado momento, ela gritou do porão, chamando-o de "filhinho da mamãe" e despertando nele uma raiva que ele sabia que nublaria seu pensamento racional e cauteloso. Se cedesse à raiva, poderia ter cometido um erro crucial, e ele se ressentia profundamente de Meghan por quase fazê-lo perder o controle e, com isso, sua liberdade.

Ele passou alguns dias tentando minar o espírito dela. Rastreava seu estado psicológico enquanto ela se perguntava que dia, hora e minuto seria o último. E, depois de alguns dias jogando, ele desceu até o porão em silêncio. Sua súbita falta de interação devia ter sido um presságio, mesmo assim ela foi pega de surpresa quando ele enfiou uma faca diretamente em seu estômago. Ele arrastou a lâmina por seu abdome com grande força, e assistiu a ela se retorcer de dor no chão de concreto do porão. Ele escolheu esse fim deliberadamente. Ferimentos no estômago são verdadeiramente angustiantes. Bile e ácido se derramam na ferida, envenenando lentamente a vítima com seus próprios fluidos corporais.

Isso foi no domingo à noite, um dia depois de Katie e Matt chegarem. O corpo de Meghan foi encontrado esta manhã. Ele ouviu uma notícia rápida no rádio, mas não foram divulgados detalhes para o público ainda. Ele não está nervoso. Sempre toma muito cuidado para não deixar pistas em nenhuma parte do corpo. Até mesmo descartou os pedaços de linha de pesca e de fio elétrico que usou para estrangular Meghan em um de seus joguinhos, só por segurança.

Ainda que no início não planejasse ter um *modus operandi*, Jeremy geralmente dava preferência a pessoas na casa dos vinte ou trinta anos, apanhadas na porta de bares e casas noturnas. Mas ele sempre mudava o seu método de assassinato, seguindo suas curiosidades aonde quer que elas o levassem. E, é claro, havia a água do pântano. Depois que a quarta vítima apareceu, ele recebeu um nome da imprensa, por causa de sua predileção por deixar os corpos mergulhados na água suja do pântano, e à vista de todos. Começou a ser chamado de Carniceiro, o que no início não o incomodou, mas lhe pareceu enfadonho. Nos últimos tempos ele começou a ficar entediado com essa rotina estagnada. Mais ainda: se está se tornando previsível, está se aproximando de ser pego. Já está pronto para tentar alguma coisa nova.

Jeremy sai de seu devaneio e gira a cadeira para encarar Corey.

— Você acha? — pergunta Jeremy.

Corey ri, esticando a mão para gesticular na direção da parte da notícia que detalha a duração atual do desaparecimento de Katie e Matt.

— Acho, sim. Esses dois idiotas estão desaparecidos faz quase uma semana. Já era. Melhor já enfiar eles na lama do pântano e dar o nome certo às coisas.

Jeremy não pode deixar de sorrir para a franqueza de Corey. É revigorante ouvi-lo expressar tanto desdém pelos seus hóspedes quanto o próprio Jeremy sente.

— Pode ser que você esteja certo, cara. Ei, pelo menos, se eles aparecerem, isso vai dar um fim em todas aquelas velas e orações. Não aguento mais essas putas que querem ficar famosas, desesperadas pra chamar a atenção das câmeras — sugere Jeremy, testando os limites da apatia de Corey.

Corey dá uma gargalhada, balançando um pouco o corpo para a frente e assentindo.

— É isso aí! — ele exclama. — É o que eu estou dizendo. Até o fim de semana eles vão virar comida de minhoca.

Ele quase acertou na mosca, o que deixa Jeremy um pouco desapontado.

— De todo modo, já estão de olho em mim, então é melhor eu começar a fazer valer o meu salário. — Corey revira os olhos. Jeremy percebe que o gerente está espiando os dois, aproveitando o pouco poder que mantém sobre aquele reino. Corey dá uma batidinha de leve na divisória com a mão fechada, acrescentando: — Quase esqueci. Vou cantar no caraoquê no sábado à noite, no Tap. Dê uma passada se estiver livre. Preciso de toda a plateia que conseguir.

Jeremy confirma com um gesto de cabeça.

— Tá bom, cara, vou tentar dar uma passada. Boa sorte.

Com isso, Corey dá uma corridinha para a própria baia, e Jeremy volta ao trabalho.

CAPÍTULO 6

Wren está frustrada. Corpos não identificados em seu necrotério a irritam infinitamente. Em grande parte, por sua própria necessidade neurótica de finalizar o que começou e de tirar itens de sua lista de tarefas. Ela não gosta de deixar trabalhos inacabados, especialmente quando é lembrada disso a cada vez que abre a porta da geladeira. Além da irritação administrativa, essas mulheres não identificadas trazem consigo uma tristeza pesada. Wren as vê à noite, quando fecha os olhos. Ela escuta as mulheres lhe pedindo para lhes dar um nome, para dar uma conclusão às suas histórias. Não dá para deixar de lado o terror de saber que o ente querido de alguém está ali, sem ser reivindicado, em um frio saco para cadáver. A solidão dos corpos não identificados a assombra. Nada é pior do que ser esquecido. Ela transformou em missão nunca deixar que as vítimas sem identificação permaneçam assim por muito tempo.

Leroux passa a mão enluvada pela lividez rosa no braço direito do cadáver e olha para Wren.

— Então, ele está tentando sacanear com a hora da morte estimada — declara, em vez de perguntar.

Wren não tira os olhos da mulher.

— Tentando... conseguindo — ela responde, balançando a cabeça de maneira distraída, antes de se virar para encaixar uma nova lâmina no cabo do bisturi.

— Essa é uma coisa bizarramente específica, sabia? Quantos desses idiotas por aí sabem que você pode estimar essa hora?

Wren não responde e, em vez disso, faz uma incisão para começar a evisceração. Ela balança a cabeça com raiva. Leroux ri, dá um passo para trás e ajusta a máscara em seu rosto.

— Aposto que isso foi feito com a única intenção de sacanear a legista do condado — ele brinca e inclina a cabeça. — Você está dando crédito demais para esse cara. Pela minha experiência, essa gente é idiota em pele de lobo.

Wren interrompe a incisão e o encara com uma expressão irritada.

— Eu nunca disse que era a única intenção dele. Só não gosto que as minhas habilidades sejam testadas por um babaca covarde que pensa que é o Hannibal Lecter ou coisa parecida.

Ela pega uma ferramenta que parece uma tesoura para podar cerca-viva e corta cada costela, começando de baixo e subindo até a clavícula. A força e o som dos ossos se partindo são a catarse perfeita sempre que ela se sente frustrada. Os ossos densos da clavícula exigem uma força extra para se quebrar, uma tarefa que ela aprecia no momento.

— Bem, então você vai odiar esta nova informação. — Leroux dá um passo para o lado, permitindo que ela se aproxime do lado esquerdo da caixa torácica.

Ela resmunga, sem parar o que está fazendo.

— Diga logo — ela sibila, entre os sons agudos dos ossos se quebrando.

Ele silencia o celular que começa a tocar e se recosta no balcão.

— Nós temos quase certeza de que estamos com um serial killer nas mãos.

— Sério!? — ela exclama, fingindo incredulidade.

Ele permanece em silêncio, mas olha para ela com uma expressão pétrea em resposta.

— Eu podia ter dito isso para você, John. Quando vou receber meu distintivo de detetive? — Wren retruca e revira os olhos, permitindo-se um sorriso sarcástico. Ele fecha os olhos, exasperado.

— Tudo bem, essa não é a melhor parte, Muller. — Ele vai até o outro lado da mesa e se inclina para a frente, apoiando-se nas mãos. — Esse serial killer em potencial está deixando pistas sobre as suas próximas desovas. Nós achamos que talvez tenhamos uma indicação da próxima cena de crime, mas ainda não conseguimos decifrar.

— Você vai ter que me dar mais detalhes, amigo. — Wren se vira para encará-lo e inclina a cabeça.

— Segura a onda, Muller. Ainda não temos cem por cento de certeza. O lixo que ele deixou com os corpos pode ser um jeito de tentar contar para nós a localização da próxima desova. Sabe a vítima encontrada atrás do Twelve Mile Limit? Tenho certeza de que você lembra do papel que estava enfiado na garganta dela.

Wren para o que está fazendo e assente, incentivando-o a prosseguir. Já tinham encontrado recentemente dois corpos com itens estranhos na cena do crime. Ela não consegue deixar de achar ridícula a ideia de que o assassino está tentando ser teatral. Já não é drama suficiente tirar uma vida? Será que ele é tão carente de validação que precisa embalar toda a sua carnificina como se fosse uma caixa de surpresa? O objetivo é sempre o controle. Esse tipo de monstro sente poder em garantir que todo mundo saiba que ele está ditando as regras. Mas Wren sabe que esses cartões de visita indicam mais insegurança do que confiança, como alguém que conta uma piada, mas depois passa meia hora explicando a graça da história. Ele não deixa que a piada fale por si mesma. É um comportamento desesperado e desconfortável. Um subterfúgio usado apenas pelos assassinos de reputação mais patética, demoninhos obsessivamente narcisistas que exigem ser aplaudidos de pé.

Dennis Rader, também conhecido como BTK, não se contentava em perseguir, brutalizar e assassinar mulheres inocentes em seus lares na década de 1970. Sua impaciência pela infâmia o fazia telefonar para a polícia, para levá-la à cena de crime. Quando se cansou de simplesmente reportar seus feitos, começou a escrever cartas e poemas para a imprensa e a deixar pequenos e estranhos dioramas dos assassinatos para a polícia em toda a cidade. No fim, a sede de atenção foi sua ruína. Ele se tornou tão descuidado em sua pressa de ser manchete dos jornais que chegou a perguntar para a polícia se ela seria capaz de rastreá-lo por meio de um disquete. A polícia disse que não. BTK acreditou. Ele se julgava poderoso e intocável a ponto de até mesmo a polícia se curvar às suas aspirações burlescas. Estava errado.

— O laboratório conseguiu ver o que tinha ali, pelo menos parcialmente. Era o sétimo capítulo de um romance barato. Pergunta rápida: em que pântano nós encontramos nossa segunda cena de crime?

— Pântano Sete Irmãs — responde ela, de forma contemplativa. — Mas não é aquele tipo de conexão tênue? Concordo, é estranho, mas...

Leroux ergue um dedo para fazê-la parar de falar, antes que ela possa completar seu raciocínio.

— O livro que foi encontrado na cena do crime no Pântano Sete Irmãs tinha um capítulo arrancado dele. Capítulo sete. E nós confirmamos que era o mesmo livro.

Ele parece satisfeito consigo mesmo, antes de gesticular na direção do que costumava ser um ser humano.

— E isso não é tudo. Um pedaço de papel rasgado estava enfiado na roupa dela. Estamos procurando qualquer indicação da próxima cena do crime. Coloquei todo o meu pessoal nesse trabalho, mas fiz uma cópia para você também. É bom ter mais um par de olhos nisso.

Ele tira um papel do bolso de trás e o desdobra antes de colocá-lo no balcão diante de Wren. Ela tira as luvas e inspeciona a cópia.

— Esse padrão de flor-de-lis... — Wren se inclina sobre a maca que contém o corpo da vítima e aponta para o padrão que margeia parte do papel rasgado. — Ele é opaco ou tem brilho?

— É meio brilhante. Qual é a palavra? — Ele fecha os olhos com força e levanta o punho, antes de apontar um dedo. — Iridescente. Meio que em relevo também.

Ela assente e continua a estudar a fotocópia.

— O que é esta outra coisa aqui?

Ele se inclina de leve para a frente, enquanto ela ergue o papel na direção da linha de visão dele.

— Ah, essa é uma cópia do cartão da biblioteca do livro. Como eu disse, mais olhos sempre enxergam mais coisas.

— Philip Trudeau. Esse nome parece tão familiar — Wren reflete, encarando o sobrenome escrito no cartão da biblioteca.

— Bem, infelizmente acabou sendo um beco sem saída. — Leroux lamenta, gesticulando.

— Sim, não sou detetive da homicídios, mas minha intuição civil me diz que, quando um criminoso escreve o nome e o número na cena do crime, provavelmente é bom demais para ser verdade.

— Sim, sim. Nós demos uma olhada em Philip Trudeau. Mora em Massachusetts. O cara não vem para a Louisiana desde que saiu do ensino médio, então faz mais de vinte anos. E esse livro estava no acervo da Biblioteca Pública de Lafayette até dez dias atrás — explica Leroux. Ele verifica mais uma vez seu celular e suspira. — Preciso atender, mas continue pensando no assunto.

Ele sai apressado pela porta do necrotério. Wren deixa a cópia no balcão atrás de si e coloca uma luva limpa. Ergue a placa peitoral do corpo da vítima e olha para o relógio em cima da porta.

— A noite vai ser longa, querida.

CAPÍTULO 7

São cinco horas e oito minutos quando Jeremy encerra o expediente. Ele pega suas coisas e segue em direção à porta.

— Sábado! — grita Corey do outro lado do mar de baias.

Jeremy ergue uma mão em reconhecimento e vai em direção ao estacionamento, passando em silêncio pela recepção. Solta um suspiro pesado e sente o estresse sair do corpo quase que imediatamente. A vida em um cubículo é realmente bárbara.

Enquanto se senta no carro, o resultado de um dia inteiro de sol forte despenca sobre ele. Ligar o ar-condicionado não traz alívio imediato. Em vez disso, ele é atacado pelo ar quente e parado por todos os lados. Baixar o vidro só diminui um pouco a sensação de asfixia. Enquanto regula a respiração sufocada em resposta à rajada de ar frio que finalmente sai dos dutos do ar-condicionado, Jeremy não pode deixar de se perguntar se é assim que uma pessoa se sente ao ser estrangulada até a morte; um breve instante de impotência, um pânico enjoativo seguido por uma súbita sensação de alívio.

Mas Jeremy não está interessado em conceder alívio. Não, ele está focado apenas em infligir dor. A mecânica da dor é ao mesmo tempo intrincada e simples, uma dicotomia fundamental. Psicologicamente, a dor requer uma sinfonia perfeita de reações químicas. Cada peça se encaixando no momento correto para que a sensação se materialize. Um estímulo envia um impulso por uma fibra nervosa periférica, que, por sua vez, é percebido e identificado pelo córtex somatossensorial. Se alguma parte da jornada do estímulo for interrompida, a sensação é diminuída. Em contraste, o ato de enviar esse impulso elétrico em sua jornada até a percepção é algo que até mesmo os trogloditas conseguem realizar. Só é necessário um objeto pontiagudo ou rombudo, somado à força. Que coisa fascinante.

Ele se lembra da primeira vez que viu a dor e a reconheceu. Devia ter uns sete anos de idade e estava lendo um livro na sala de estar da casa onde ainda mora hoje em dia. Ao virar a página, ele ouviu. Lá fora, ouviu a caminhonete de seu pai parar na estrada de terra. A porta se abriu e depois se fechou com força, sugerindo que ele estava tenso. Jeremy ouviu o pai resmungando para si mesmo, xingando e cuspindo enquanto se arrastava para o seu galpão.

Jeremy se levantou de um pulo e correu lá fora para ver o que estava acontecendo e, ao fazer isso, ouviu algo novo. O som vinha da caçamba da caminhonete diante dele, e era agonizante. No início ele jurava que havia uma criança machucada na traseira do veículo. O choro era tão humano e tão torturado – uma série de uivos seguidos por gemidos baixos e dolorosos. Aquilo o fascinava e o repelia em igual medida, e ele sentia cada célula de seu corpo vibrando de ansiedade. O calor do fim da tarde caía sobre ele como um cobertor pesado, agourento e sinistro, advertindo-o a procurar abrigo. Mesmo assim, ele se sentiu compelido, como se fosse puxado por um cordão invisível na direção dos gritos que vinham da caçamba. Erguendo o corpo para ver lá dentro, Jeremy deu de cara com uma corça apavorada, deitada à sua frente. Notou a perna claramente quebrada do animal e um ferimento aberto que se estendia do canto esquerdo da boca até o ombro. A lateral de seu corpo e seu estômago subiam e desciam com respirações tão difíceis e excruciantes que o ar saiu dos pulmões do menino em resposta. Sangue escorria pelo nariz do animal, e seus olhos estavam enlouquecidos de medo e dor. Jeremy ainda podia ver aqueles olhos quando fechava os seus. Não dava para afastar o olhar. Por alguns segundos, ele ficou parado ali, compartilhando um momento digno de pesadelo com uma bela criatura.

Como se fosse uma deixa, uma música começou a atravessar o ar. Seu pai ligara o antigo rádio no galpão. Ele sempre gostava de ouvir música enquanto trabalhava. "These Boots Are Made for Walkin", de Nancy Sinatra, saía dos alto-falantes.

— Filho, desça daí. Você vai assustar o animal, e eu preciso que esses malditos gritos parem — seu pai instruiu enquanto seguia do galpão até o pátio lateral.

Ele tinha uma espingarda de caça pendurada no ombro, e gesticulou com a mão para afastar Jeremy da corça que gritava diante dele.

— Pai, o que aconteceu? — Jeremy perguntou, hesitante, descendo de seu ponto de observação.

O pai passou a mão pelo cabelo cor de areia e depois coçou o queixo ansiosamente. Aquilo causou um som familiar de arranhado.

— Ela entrou na frente da caminhonete rápido demais. A maldita coisa estava tão arrebentada, deitada na estrada, que não pude deixá-la gritando ali. Eu não tinha uma arma comigo, então aqui estamos — ele respondeu de maneira pragmática, enquanto seguia para a traseira do veículo e abaixava a tampa da caçamba.

Agora Jeremy conseguia vê-la melhor, deitada em uma lona velha e suja que já fora branca, mas que ganhara um tom encardido de bege pelo uso. Manchas de sangue brotavam no tecido. A língua da corça saía pela boca neste momento. Enquanto o menino olhava, seu pai trouxe um grande carrinho de mão para perto da traseira da caminhonete e olhou para o filho.

— Ainda bem que você está aqui, garoto — disse ele, dando um tapa nas costas de Jeremy que o lançou para a frente.

— O que nós vamos fazer? — ele perguntou, ansioso.

— Bem, nós temos que matá-la. Seríamos monstros se a deixássemos sofrer por muito tempo.

Jeremy sentiu a respiração presa na garganta.

— Matar? — ele perguntou, sem afastar o olhar da corça.

— É a vida, filho. Você não deixa uma coisa sofrer sem necessidade. Além disso, existe uma hierarquia. Alguns estão no topo, e outros estão aqui para proporcionar alguma coisa para aqueles que estão no topo. O sacrifício dessa corça vai proporcionar boa carne — ele explicou e puxou a lona, fazendo o animal estremecer com o movimento súbito. — Venha, me ajude a puxá-la para baixo.

Jeremy estava impressionado. Ele ajudou roboticamente o pai a puxar a lona na direção da traseira da caminhonete e subiu na caçamba com a corça para segurá-la enquanto o pai a puxava. Agora os barulhos eram altos e urgentes. Ela estava pedindo ajuda, tentando alertar outros de sua espécie, mas estava muito longe de casa.

Ela caiu no carrinho de mão com um baque repulsivo. Um leve som de algo se partindo e mais gritos agudos se seguiram. Seu pai rapidamente levou a criatura para os fundos da casa, e Jeremy o seguiu sem dizer uma palavra. Quando alcançaram um grupo de árvores, ele ajudou a derrubar a corça na grama.

— Fique perto de mim, filho. — O pai o afastou da criatura e o deixou ao seu lado.

Ele apontou a espingarda, parado com o pé tocando as patas traseiras do animal, e abaixou o cano, mirando na cabeça. A corça gritou mais alto ainda, como se pudesse sentir a morte parada perto dela.

— Agora, nós queremos atingi-la no meio dos olhos — ele falou baixinho. — Matar um animal ferido precisa ser rápido.

Com essa última palavra, ele apertou o gatilho sem aviso. O corpo de Jeremy deu um salto com o som súbito. Tudo pareceu desacelerar por um segundo quando a cabeça da corça recuou com o impacto. Então o silêncio caiu sobre eles como uma chuva pesada, fazendo Jeremy estremecer com sua chegada. Ele e o pai ficaram parados por um momento, lado a lado. Em retrospecto, Jeremy considera aquele dia vital para o seu desenvolvimento. Ele presenciou o sofrimento, a dor e a libertação da morte.

Jeremy entra em casa pela porta da frente e joga as chaves em uma vasilha de cobre logo na entrada. Ele imagina que o som repentino do metal contra metal provavelmente assusta seus convidados, e pensar no medo deles o excita. Vai direto para a pia da cozinha e começa a lavar as mãos vigorosamente, livrando-se dos germes que certamente pegou no trabalho. Desabotoando a camisa, ele segue animado até a porta do porão. Só se detém brevemente para pendurar a camisa em um gancho colocado de forma estratégica no corredor. Alisa a camiseta branca antes de abrir a porta e descer a escada.

CAPÍTULO 8

Wren passa seu cartão para abrir a imponente porta do necrotério e desce os degraus até o estacionamento dos fundos. Acomoda-se no banco do motorista de seu modesto sedã preto e rapidamente aperta o botão para travar as portas. Ela já viu as consequências para muita gente que fica distraída no próprio veículo enquanto um predador aguarda ali perto.

Ela fica sentada ali dentro, levando um momento para se recompor antes de ir para casa. A brisa quente carrega uma conversa abafada até o carro. Ela ergue os olhos e vê Leroux saindo pela porta dos fundos, passando a mão no cabelo. Está prestes a chamá-lo, mas vê que ele vai começar a falar no celular. Ela o observa digitar na tela e levar o aparelho até o rosto. A pessoa do outro lado está no viva voz e parece apressada.

— É o Ben. O livro voltou limpo.

O suspiro de Leroux é audível, antes que ele se acomode atrás do volante de seu próprio carro e pegue um cigarro do porta-luvas.

— Jesus, nem uma parcial?

— Sinto muito, cara. — A decepção de Ben do outro lado da linha parece genuína. — Achei que a gente pudesse conseguir alguma coisa dessa vez.

Leroux segura o cigarro diante dos lábios por um instante.

— Será que esse babaca usa luvas na biblioteca? Como ele consegue montar cenas de crime tão limpas do ponto de vista forense? — ele desabafa, acendendo o cigarro e dando uma tragada rápida e profunda. — Cara, primeiro a Muller fica perdida com esse cara, e agora você? Onde todos os meus especialistas foram parar?

Wren se irrita com isso, mas observa quando ele exala uma nuvem de fumaça que se esgueira pela janela aberta. Leroux já está no ramo há tempo suficiente para saber que nenhum caso se desenrola em um golpe só, como acontece na televisão. Mas ele está acostumado a conseguir encontrar um fio para puxar de algum lugar.

Até mesmo Israel Keyes, um dos serial killers mais meticulosos e profundamente astutos que o mundo já viu, escorregou em determinado momento. Tudo o que fazia era pensado com cuidado. Ele sempre viajava pelos Estados Unidos, de avião, de carro e de trem, para sequestrar e matar vítimas aleatórias, enterrando kits para seus assassinatos ao redor do país inteiro, a fim de que suas ferramentas estivessem prontas assim que ele chegasse. Depois desses esforços para se distanciar de cada uma de suas vítimas anteriores, um crime que cometeu na própria cidade levou a polícia a capturá-lo. Quando viu uma jovem barista no pequeno quiosque de café em Anchorage, que ele planejava roubar naquela noite, Keyes perdeu anos de controle cuidadosamente talhado. Ele a sequestrou, estuprou e assassinou em seu carro sem planejamento ou premeditação. O sequestro espontâneo foi gravado por uma câmera de segurança, e, quando tentou fugir, ele foi flagrado também pelas câmeras do banco depois de usar seu cartão de débito enquanto saía da cidade. Seu reinado perfeito de terror terminou com um pouco de descuido. Ela espera que esse assassino tenha um destino semelhante.

Tudo isso está no rosto do detetive Leroux quando ele inala outra nuvem de toxinas para acalmar os nervos agitados. Ele está se perguntando se Nova Orleans produziu um serial killer que desafia até mesmo o nível de tramas maquiavélicas de Israel Keyes. Ben ri pelo alto-falante, e dá para ouvir uma máquina de café funcionando ao fundo.

— Bom, pelo menos a Muller também está perdida.

Leroux suspira e responde com um gemido.

— Parece que nós vamos ter que arregaçar as mangas de novo. Obrigado, cara.

— Vai dar certo. — Ben desliga rapidamente.

Wren mal consegue ficar ofendida. Estão todos trabalhando o máximo que conseguem. Leroux realmente parece arrasado. Enquanto ele deixa cair as cinzas de seu cigarro na rua e sai do estacionamento, Wren nota os círculos escuros ao redor de seus olhos. Ela suspira e liga o carro também. O som do rádio irrompe pelos alto-falantes em um volume desconfortável, que atravessa o silêncio das ruas quase totalmente abandonadas que cercam o necrotério. Ela o desliga e conecta seu celular no Bluetooth, escolhendo um podcast para o rápido trajeto até sua casa. Mas isso não lhe traz distração. Ela não consegue parar de pensar no nome escrito no cartão da biblioteca. Segundo Leroux, Philip Trudeau era uma pista falsa, mas Wren não consegue se livrar do som familiar desse nome.

Quantos Philip Trudeau alguém conhece ao longo da vida?

Ela estaciona na rua e se pergunta se deve ouvir essa sensação incômoda de pavor ou se deve confiar que Leroux e os outros detetives fizeram as devidas diligências para descartar o homem em Massachusetts. Entra com o carro na garagem e sobe os degraus até sua velha varanda prestes a desmoronar. A casa definitivamente aparenta a idade que tem, mas ela adora seu caráter e suas várias peculiaridades.

Ela pendura as chaves no gancho ao lado da porta e segue até a cozinha, onde larga suas bolsas no chão. Sentindo-se exausta, mas ainda não pronta para dormir, ela espia o relógio sobre o fogão e prepara uma xícara de café. A maior parte de seus amigos toma um saudável cálice de vinho tinto depois de um longo dia de trabalho, mas vinho nunca caiu bem para Wren. Para ela, tem gosto de suco de uva passado, que ficou ao sol muito tempo, e só serve para dar dor de cabeça. O cheiro quente e acolhedor do café recém-feito coloca a sua mente imediatamente em repouso. Ela se recosta no balcão e ouve os ruídos de sua bebida sendo preparada.

Philip Trudeau.

Ela repete o nome em pensamento e em voz alta, esperando que uma lembrança há muito esquecida surja espontaneamente. Toma cuidado para não acordar o marido, Richard, de seu sono no andar de cima. Ele sai cedo para o trabalho, e Wren tenta garantir que suas tendências noturnas não atrapalhem o descanso dele.

Segurando a xícara de café entre as mãos, ela vai até o sofá de dois lugares na sala de estar e se joga nas almofadas gastas. Richard está louco para substituir essa peça em particular por algo novo, mas Wren ainda não consegue abrir mão desse móvel. Ela gosta do fato de o sofá parecer conhecê-la. Móveis novos sempre têm aquele longo período de adaptação, quando não conseguem te abraçar do jeito que você precisa. A rigidez de um sofá novo é algo para o que ela simplesmente não tem paciência, especialmente nesse momento.

Mesmo enquanto toma o café, ela não consegue se livrar o suficiente de seu dia para poder pensar em dormir. Sua mente continua vagando até a vítima no necrotério. O corpo inchado e machucado é um radar de velocidade para os pensamentos de Wren. O assassino da mulher é hábil – inteligente o bastante para entender a frustração que um corpo previamente congelado causaria em alguém incumbido da tarefa de determinar a hora da morte. Ele ficou mais esperto com essa vítima também. Tomou ainda mais cuidado para esconder a identidade dela, o que conta para Wren que ele é capaz de aprender e de se adaptar. O método com o qual tira a vida das vítimas nem sequer é consistente, como se estivesse experimentando. Ele tem uma mente curiosa e uma meticulosidade de pesquisador, uma combinação perigosa.

— Wren!

— O quê? Ei. Oi, amor — ela responde abruptamente, arrancada de seus pensamentos pela voz familiar.

Richard boceja e caminha até a confortável poltrona diante dela, onde se joga de qualquer jeito.

— Planeta Terra chamando... — ele sorri, e ela solta uma risada abrupta.

— Desculpe, eu não queria te acordar. Só estou tentando relaxar um pouco antes de ir deitar.

— Pelo jeito você se afastou da realidade por um segundo. Eu falei o seu nome duas vezes antes de você perceber.

— A noite foi longa.

Ela se recosta e toma outro gole de café. Ele se inclina para a frente, juntando as mãos e apoiando os cotovelos nos joelhos.

— Sim, eu tinha uma sensação de que você iria ter uma jornada longa esta noite.

Ele sempre compreende. Às vezes ela se pergunta como, mas nunca considera essa compreensão como algo garantido.

— Esse caso é frustrante demais, sem dizer que é brutal. — Ela suspira, mordendo o lábio inferior. — Eu só quero encontrar esse cara.

— Wren, é isso. Você não tem que encontrar. Esse é o trabalho dos detetives. Se concentre só no que você faz de melhor. Trabalhe com a informação que é apresentada para você.

Ela sabe que ele está certo. Mas ele não sabe sobre Philip Trudeau e a sensação incômoda de que ela pode encontrar uma conexão. Em vez de debater isso com ele, ela faz a vontade do marido e se levanta do sofá.

— Você está certo, eu sei.

— Vamos dormir.

Wren concorda com um gesto de cabeça e vai até a pia, enquanto Richard volta para a escada. Ela joga no ralo o café levemente frio que resta na caneca e vê seu próprio reflexo na janela sobre a pia. Está com uma aparência lamentável esta noite.

Ela percebe que o manjericão no vaso na janela está quase murchando. Ela o refresca rapidamente com um pouco de água da torneira, sabendo que vai estar inteiramente rejuvenescido em poucas horas.

— Beba tudo, pequenino.

Ela apaga a luz e vai para o quarto, se perguntando se esse serial killer molhou as próprias plantas alguma vez na vida.

CAPÍTULO 9

O PERCURSO ATÉ A FACULDADE PODE LEVAR HORAS SE HOUver trânsito. Às vezes Jeremy não se incomoda com a lentidão. É um momento em que ele pode ficar completamente sozinho, sem ninguém por perto para interromper seus pensamentos.

Hoje não é um desses dias.

Ele está ansioso, e suas pernas têm um milhão de minúsculos insetos correndo por dentro delas. Ele bate e balança o pé, em uma tentativa infrutífera de acalmá-los. Tem sido um longo processo descobrir o que ele quer construir para si mesmo daqui para a frente. Agora que está quase lá, não consegue parar de pensar nisso. Não consegue parar de ver seu jogo se desenrolar em sua mente. Ele sente o ambiente, e já fareja o cheiro do desespero. Jeremy liga o rádio enquanto aperta o dorso do nariz, sintonizando em uma estação local.

— A vítima, uma mulher branca na casa dos vinte anos, foi encontrada atrás de um bar muito frequentado da cidade, hoje cedo. O corpo foi levado para o Instituto Médico Legal, e a autópsia está programada para mais tarde.

Jeremy sente o coração acelerar e o rosto corar. Há uma excitação especial que toma conta dele sempre que ele sabe que essa safra de detetives ineptos recebeu outro de seus convidados. A única coisa que os impede de se juntar às fileiras dos criminosos que eles perseguem é um tipo de falsa moralidade. Uma coisa frágil que pode se partir a qualquer momento, como vidro quebrado.

E então há o médico-legista. Não importa quão profundamente os legistas acreditem que os mortos podem falar com eles, eles não podem. Eles conseguem determinar uma causa da morte – às vezes –, mas não podem sequer imaginar o que se passou na cabeça de cada vítima enquanto lutava para conseguir os últimos sopros de ar fútil e precioso. Os patologistas forenses são capazes de explicar com precisão o que acontece quando um coração para de bater. Mas não podem publicar um artigo detalhando como é a verdadeira angústia, nem catalogar o prazer desenfreado que vem de causá-la. Eles empunham uma serra para ossos, mas não colocaram as mãos ao redor do pescoço de alguém. Morte e dor não podem ser explicadas em um relatório de autópsia, não de verdade. É primitivo e não pode ser ensinado em uma sala de aula ou em um laboratório.

Eles não têm ideia do que está reservado para eles, essa equipe dos chamados especialistas, ainda perseguindo um assassino sistemático que tem um padrão estabelecido. Nenhum deles é capaz de ver uma mudança na rotina se aproximando. Enquanto lutam para montar um perfil há muito ultrapassado, ele estará orquestrando sua obra-prima.

Quando o trânsito começa a melhorar diante dele, Jeremy sai de seu torpor reflexivo.

Venham me pegar se conseguirem.

CAPÍTULO 10

ISSO É A MORTE?

Wren é sufocada por uma escuridão tão espessa que é como se pudesse mastigá-la. Um calor sufocante a consome na escuridão. Seu coração começa a acelerar, e surge um brilho vermelho na escuridão. Ela abre a boca quando um soluço fica preso em sua garganta. Seu peito dói, e ela luta para gritar por socorro, mas nenhum som sai.

Então, sem aviso, a escuridão se dissolve, e ela vê seus pais diante de si. Eles estão parados lado a lado em uma sala completamente branca, e sua mãe segura o braço de seu pai. Os rostos deles se retorcem, devastados. Ela joga os braços ao redor de ambos ao mesmo tempo. Dá até para sentir o cheiro caseiro de maçã de sua mãe e o aroma seguro, limpo e caloroso de seu pai. Ela fica grudada neles por um instante, deixando que o alívio preencha o ar.

Mas agora está frio.

Ninguém a abraça de volta. Ela afasta a cabeça para trás para olhar para os rostos deles. Quando observa seus olhos cheios de lágrimas, eles simplesmente veem através dela.

— Mãe, pai! — ela implora, colocando as mãos nos rostos deles.

Eles continuam agarrados um ao outro, mas permanecem distantes dela. Ela sente calor de novo. É uma onda quente, profunda e pulsante, misturando-se a uma náusea. Ela tenta chamar os pais novamente, desta vez gritando por sobre o ruído que agora machuca seus ouvidos.

— Mãe! Onde nós estamos? Por favor, me ajude! — ela suplica, sem receber nada em retorno.

Os olhos de sua mãe estão exaustos e vermelhos de chorar. Ela parece desesperada e não responde aos gritos de Wren. Então um som ecoa pelo ambiente branco e estático. É familiar, mas não é a voz de seus pais nem a sua própria.

— Você está morrendo, Wren — uma voz masculina diz casualmente.

Seu sangue gela. Ela encara os rostos de seus pais, ainda agarrada a eles e sem querer olhar para trás. Como fumaça, eles desaparecem até não sobrar nada. Ela cai de joelhos quando os dois somem diante de seus olhos. Outro soluço engasgado escapa, seguido por um tremor, quando o homem fala novamente.

— O que aconteceu com as suas pernas, Wren? — ele pergunta.

Ela olha para o alto de suas coxas e se levanta da posição ajoelhada. Quando coloca o pé no chão, é como se pisasse em água. Seu peso muda, e ela cambaleia. Ele está rindo agora. Um riso sarcástico, baixo e cortante lhe escapa dos lábios, e, quando ela cai de joelhos novamente, ele começa a gargalhar.

— Minhas pernas — ela sussurra.

Não há sensação alguma nelas, como se fossem galhos mortos de uma árvore antiga. Por fim, ela se vira para olhar para o homem que atravessa a sala na direção dela. Ele é limpo, quase estéril, com uma camiseta branca e uma calça jeans sem um grão de sujeira nelas. O rosto dele está borrado. Enquanto ele caminha, ela sente o ar saindo de seus pulmões. Ela tosse e arfa freneticamente, sentindo como se um atiçador quente tivesse sido enfiado em sua garganta.

— *Shhhh* — ele sussurra, agachando-se ao lado dela e colocando um dedo nos lábios.

Ainda que não consiga distinguir seu rosto, Wren pode dizer que ele está sorrindo. Instintivamente, ela usa os braços para se afastar dele. Arrasta as pernas pesadas usando as palmas das mãos na superfície escorregadia, tentando desesperadamente colocar alguma distância entre os dois.

— Corra — ele diz baixinho atrás dela.

Ela tenta soluçar, mas nada sai de sua boca, nem mesmo uma respiração. O quarto se curva e balança, e o calor começa a dominá-la.

— Corra! — ele diz mais alto agora, rindo quando ela estremece visivelmente.

Ela balança a cabeça, usando uma mão para puxar o corpo para trás. Tudo está nebuloso agora, e o quarto branco se transformou em uma pesada cortina diante de seus olhos. A escuridão começa a se fechar ao redor de seu campo de visão como a lente de uma câmera, e ela ouve um som final e apavorante:

— Corra! — ele grita.

Wren se senta na cama enquanto a luz invade seu quarto. Sua respiração está irregular, e ela está coberta por uma camada de suor. Neste instante ela não consegue dizer se está acordada e a salvo do pesadelo apavorante. Aperta os olhos enquanto analisa o espaço ao redor, tentando forçar a mente a se aclimatar. Ela sente o coração batendo com força no peito e precisa de um momento para recuperar o fôlego.

— Meu Deus. Esse foi o pior sonho que eu já tive. — Ela se engasga com as palavras no quarto vazio, virando as pernas para a lateral da cama.

Ela se antecipou sem querer ao alarme, e percebe que a janela na lateral do quarto deixa a luz do sol entrar. A persiana está torta, presa levemente na pintura descascada. Embora não deva parecer tão fora do comum, ela não pode evitar a paranoia que sente no fundo da mente. Essas vítimas não identificadas a seguem até em casa, e ela sempre tem medo de que seus assassinos também. Ela balança a cabeça, tentando se livrar dos pensamentos intrusos. É cedo demais. Ela coloca a persiana na posição normal e vai para o chuveiro.

Wren escova os dentes enquanto a água do chuveiro esquenta, e sua mente começa a vagar mais uma vez. Enquanto cumpre cada passo de sua rotina, ela continua pensando em seu próximo dia de folga. Está precisando mesmo de algum tempo longe dessa remessa de corpos conectados, descobertos em cada canto da cidade. Um período inteiro de vinte e quatro horas no qual ela não precise espiar dentro de uma cavidade torácica é quase uma fantasia a esta altura. Ela adora a ideia de simplesmente se sentar em algum lugar com o marido e relaxar. Droga, Richard fez aquela piada "você é muito parecida com a minha esposa" tantas vezes este mês que ela começou a achar graça nela de novo. Ela se obriga a voltar à realidade e termina seu banho com um rangido da torneira. O tratamento de spa acabou, e é hora de se vestir para a realidade.

✳ ✳ ✳

Wren acena com o cartão de identificação para o sensor e abre a pesada porta. Uma parede de ar levemente viciado a atinge quase imediatamente, e ela segue para sua sala.

Ela joga as chaves na mesa e percebe uma nova pilha de pastas ocupando espaço em sua caixa de "Casos Novos". Suspirando, ela balança a cabeça. Em geral não se abala diante de um grande número de casos. No entanto, com a notícia de outro corpo encontrado na área e a imprensa começando a causar pânico na comunidade, ela já está sentindo a pressão. Um monte de novos casos não chega nem perto do pior cenário.

— Vocês dois podem dar um pulo rápido aqui? — Wren chama, largando-se na cadeira. Dois patologistas assistentes confiáveis entram correndo em sua sala quase imediatamente. Um ainda está no processo de amarrar os sapatos e quase tropeça e cai de cabeça em uma estante cheia de livros de anatomia. Ele se equilibra no último instante, e Wren vê o rubor forte tomar conta de seu rosto. Ele é sempre muito nervoso.

— Oi, dra. Muller. Do que você precisa?

— Oi. Vou precisar que vocês preparem de ponta a ponta alguns casos para mim esta manhã — ela instrui, abrindo as duas primeiras pastas de sua caixa de entrada. — Parece que nós temos uma suspeita de overdose... mulher de vinte e três anos encontrada atrás do Tap Out. Façam o possível para conseguir o máximo de amostras dela. Tem uns frascos novos com anticoagulante do lado esquerdo do armário do corredor.

O jovem assistente pega a pasta e assente.

— Pode deixar. Você quer o bloqueio completo do órgão? — ele já está seguindo em direção à porta.

— Sim, deixe tudo preparado, por favor. Eu não notei sinais externos de trauma, mas, se encontrar alguma coisa, me chame.

Wren abre uma segunda pasta e se volta para o patologista assistente que sobrou em sua porta.

— Para você eu tenho um homem de cinquenta e seis anos. Parece um suicídio simples. Encontrado em casa, com um ferimento de tiro no céu da boca. Sem bilhete, mas você imagina a cena. Canhoto, então tem que fazer um teste de pólvora nessa mão.

Depois de delegar seus casos menos prementes, Wren se levanta e vai para a sala de autópsia.

— Vou pegar você hoje — ela declara em voz alta.

✳ ✳ ✳

As horas no laboratório voam em um piscar de olhos, e Wren é chamada para acompanhar Leroux de volta à cena do crime. Agora ela o observa caminhar pelo meio-fio. Ambos absorveram a energia profundamente negativa que cerca este lugar, determinados a descobrir algum pedaço de evidência reveladora no beco ao lado do bar. O segundo diploma de bacharel em criminologia de Wren a torna um trunfo para esse tipo de caso, tanto dentro quanto fora da sala de autópsia.

Wren pensa em quão movimentada é essa área. É difícil imaginar como o assassino conseguiu deixar o corpo ali sem ser visto. É uma viela usada por centenas de pessoas à noite. É tanto um atalho rápido para as ruas atrás do bar como um lugar para ocultar o tráfico de drogas do agito da rua principal. Mas é claro que nenhum bêbado cambaleante com meio galão de uísque na barriga vai realmente perceber o que acontece no entorno, em especial enquanto abre caminho por uma viela, a caminho de sua cama. Talvez o assassino tenha percebido que essa desova seria fácil se ele fosse discreto, e simplesmente tenha feito isso. Wren quer entender a mente do caos. Mas ela nota que Leroux não quer mais necessariamente entender. Ele só quer um nome.

O chão onde a vítima foi deixada ainda está manchado como se fosse de café velho direto do bule. É como se a terra abaixo estivesse tentando empurrar respostas até a superfície. Não é frequente que Wren se sinta tão impotente e, ainda assim, tão fascinada por uma cena de crime.

— As pessoas que ele escolhe parecem quadros de quartos de hotel — Leroux diz isso sem levantar os olhos.

Wren ergue uma sobrancelha, querendo perguntar o que ele quer dizer. Antes que ela tenha a chance, ele continua:

— Esquecíveis, mas não invisíveis. Pessoas bacanas, mas não incríveis nem impressionantes — ele elucida.

Ele está certo. Essas vítimas não eram particularmente notáveis. Não eram membros altamente respeitados da comunidade, mas tampouco eram totalmente relegadas às margens da sociedade. Não, ele não estava tirando a vida de andarilhos ou de trabalhadoras do sexo, como assassinos em série no passado faziam. Ele sabe que esse jogo quase sempre é recebido com uma resposta por justiça social. Do mesmo jeito que escolher humanos da elite fixaria os holofotes nele desde a primeira gota de água do pântano. Então, ele brilhantemente escolhe indivíduos que não são nem príncipes nem mendigos.

Wren faz um coque no alto da cabeça, prendendo o cabelo com um elástico e ajeitando os fios que se soltaram.

— São como árvores caindo na floresta. Elas caem. Algumas pessoas vão se importar de verdade, mas a maioria só vai querer pegar a lenha de graça e seguir em frente. — Leroux olha para ela. Ele leva um momento andando de um lado para o outro no meio-fio. Agacha-se, encarando a mancha no chão antes de se levantar de novo.

— Isso faria dele um cara bem inteligente. A malícia pensada em um nível totalmente diferente — Wren responde.

Leroux confirma com a cabeça.

— Exatamente. E eu acho que só piora a partir daqui.

Wren concorda em silêncio. Está claro para ambos que as ações do assassino até agora não são acidentais. A cena diante deles é produto de pesquisa cuidadosa, de planejamento e de um pensamento abstrato complexo.

Quando se viram para ir embora, de mãos vazias e envolvidos pelo peso da cena do crime, algo chama a atenção de Leroux. Está encravado em uma fissura profunda no meio-fio, onde a calçada encontra a rua. Ele se agacha e pega um lenço do bolso traseiro. Usando-o como uma luva improvisada, tira cuidadosamente um cartão de visita branco de seu lugar no cimento. Quando o ergue para olhar a parte da frente, Wren nota que o rosto dele empalidece. O cartão de visita é da recepção do serviço médico-legal. Embaixo do selo oficial está o nome completo de Wren e seu título. As informações de contato profissional estão logo abaixo.

Wren dá um passo à frente, estendendo a mão enluvada para segurar o cartão. Leroux o entrega, uma expressão de confusão estampada em seu rosto. Ela passa os dedos sob o selo em relevo do Serviço Médico-Legal no canto direito. Esse é um design antigo do cartão – Wren o redesenhou meticulosamente há seis meses –, mas definitivamente é dela. Este cartão está limpo, tão limpo que provavelmente foi colocado ali recentemente e de propósito. Quem quer que tenha feito isso agiu depois que o corpo da vítima foi removido e a fita da cena de crime foi levada embora. Não estava ali quando eles chegaram no início dos trabalhos. Eles teriam notado. Alguém fez isso para enviar uma mensagem.

Wren balança a cabeça.

— Não estou gostando disso, John. Estou falando sério. Tenho vontade de me esconder.

— Pode confiar, Muller, você não precisa cair fora por enquanto. Vamos garantir que você tenha um destacamento de segurança, já que o seu nome está aqui, mas, sinceramente, às vezes ele só acha que é inteligente nos mostrar que sabe como a nossa investigação funciona. — Ele a tranquiliza, tirando do bolso um saco para coleta de evidências. Ele tira o cartão dos dedos dela. — Está bem claro que ele gosta de assustar as pessoas, em especial mulheres.

— Credo, John. Pegue esse cara para eu poder sair dessa paranoia, por favor.

Leroux alisa a calça e segura o braço de Wren.

— Prometo que vou pegar — diz ele, confiante.

— Eu acredito em você, de verdade.

— Estou lisonjeado. — Ele dá uma piscadela e passa por ela na direção do carro estacionado. — Vamos levar essa evidência e passar essa merda para a frente.

Ela assente, fechando os olhos com força e respirando fundo, só para soltar o ar bem devagar antes de dar meia-volta e encará-lo.

— Estou bem atrás de você.

CAPÍTULO 11

JEREMY SE SENTA NO AUDITÓRIO LOTADO E A OBSERVA. EMILY está prestando atenção na palestra de biologia, tomando notas impecavelmente detalhadas. Sua mão nunca para de se mover sobre o caderno, e a pulseira que quase sempre está ao redor de seu pulso tilinta bem baixinho. O minúsculo pingente de coração anatômico balança a cada traço do lápis. Ele imagina ser o único que escuta isso. De vez em quando ela assente e inclina o lápis levemente para a frente, concordando com uma teoria em particular. Enquanto a observa, ele sente mais uma vez o borbulhar da expectativa. Ver Emily inteiramente alheia ao que vai acontecer em breve é completamente tentador.

Depois de três horas de palestra, são sete e meia, e ele percebe que seu próprio lápis não chegou a encostar no caderno. Estava tão recolhido em seus pensamentos que as três horas se passaram como minutos. Ele se levanta bem devagar, sem tirar os olhos dela, enquanto Emily pega suas coisas e atravessa a fileira de cadeiras até o corredor central. Estalando cada nó dos dedos na lateral do corpo, ele sai bem na frente dela, estampando um sorriso amigável no rosto. Ela não o percebe imediatamente em seu caminho, até que ele diz seu nome baixinho.

— Srta. Emily Maloney — ele sussurra, inclinando-se perto do ouvido dela, quando ela passa por ele.

Surpresa, ela dá uma risada nervosa, coloca a mão no peito e sorri.

— Cal! — ela exclama. — Você quase me mata de susto. Juro que, depois de três horas dessa baboseira, estou completamente atordoada.

Mesmo depois de um semestre inteiro, Jeremy ainda precisa de um momento para reagir ao seu nome de guerra na faculdade. Ele se matriculou como "Cal", usando documentos falsos. É incrível o volume de coisas que acabam passando com a sobrecarga administrativa. Ainda que tenha desempenhado o papel durante todo o tempo das aulas, ele ainda não conseguiu se acostumar com o nome. Os dois começam a caminhar lado a lado para a saída do auditório, enquanto ela tagarela sobre os efeitos das longas palestras na cognição dos alunos pós-evento. Jeremy mal ouve uma palavra. Sua mente está alheia enquanto ele repassa os próximos minutos mais uma vez. Não há espaço para erro. Mesmo o menor soluço seria desastroso. Eles dobram uma esquina, fora da vista do prédio da biologia. Ele começa a manipular cuidadosamente o trapo em seu bolso direito, ao redor de um minúsculo frasco plástico de clorofórmio.

— Você acha que a gente vai poder usar calculadora nessa prova? — ela pergunta, rolando distraída os e-mails em seu celular.

Ele dá de ombros e abre discretamente um buraco no frasco plástico em seu bolso, usando uma ponta dobrada para fora de propósito no anel que usa no polegar. Sente o líquido morno encharcar o tecido que envolve o frasco enquanto os dois entram no estacionamento.

— Você sabe que provavelmente vão nos dar um ábaco ou alguma coisa assim. Em vez de nos preparar, eles simplesmente ignoram o fato de que a tecnologia moderna é usada no mundo real — ela continua enquanto ele limpa a garganta. Ela ri, pega a chave e se aproxima da porta do carro. — Bem, se você quiser revisar o conteúdo prático no fim de semana, é só falar.

Ele sorri e faz um sinal afirmativo com a cabeça.

— Sim, com certeza.

Um livro escorrega da bolsa carteiro dele e cai no cimento com um baque. Os olhos de Emily se voltam brevemente para o objeto, enquanto ele o pega e o guarda novamente no lugar.

— Que livro é esse? Estou procurando uma boa leitura descompromissada. Sabe como é, para daqui a dez anos, quando eu finalmente for uma médica e ainda não tiver tempo para essas coisas. — Ela dá um sorriso amplo, e ele solta uma risadinha desconfortável. Ele se sente um pouco desconcertado e é obrigado a se recalibrar.

— Ah, é uma antologia de contos de terror. Não é exatamente um escapismo tranquilo. — Ele se recupera e, instintivamente, começa a passar a mão pelo cabelo, antes de se conter. — Mas vamos planejar um encontro para estudar, sim. Eu mando uma mensagem para você. Dirija com cuidado.

— É claro. A gente se vê, Cal.

Ela se vira para abrir a porta do carro, e, com a mesma rapidez, ele segura seu rabo de cavalo ruivo com a mão esquerda e enfia um joelho dobrado na coxa dela, fazendo-a perder o equilíbrio. Ele puxa a cabeça dela para trás e cobre sua boca e nariz com o trapo encharcado de clorofórmio antes que ela possa compreender o que está acontecendo. Emily deixa a chave cair no chão e tenta arranhar as mãos dele, sem sucesso, na tentativa de recuperar o controle. É quando o pânico se instala.

Ele encara os olhos arregalados dela e espera pacientemente pela incapacitação completa. Quando isso finalmente acontece e o corpo dela perde a firmeza, ele a joga no porta-malas de seu próprio carro e espera um breve instante para respirar e organizar seus pensamentos antes de prosseguir. Quando a adrenalina diminui, ele coloca uma luva na mão direita, pega o frasco de cetamina do outro bolso e põe um pouco em uma pequena seringa. Tateando o braço de Emily em busca de uma veia adequada, ele localiza uma e injeta a dose para garantir que ela continue grogue quando o efeito do clorofórmio passar. Os olhos dele vão para o chão, notando algo brilhante sob o para-choque. A pulseira dela caiu no concreto durante a luta. Ele se curva para pegar a peça, examinando-a de perto pela primeira vez. Só agora vê a delicada letra E gravada de um lado do coração. Ele guarda a pulseira no bolso.

Para redobrar a precaução, ele coloca uma braçadeira ao redor dos pulsos de Emily, prendendo seus braços nas costas, antes de pegar a chave do carro dela e de se sentar no banco do motorista para ir para casa. Solta um longo suspiro e limpa as mãos com um lenço umedecido antes de colocar uma mecha do cabelo tingido de castanho no lugar. A cor temporária começou a se misturar com as gotas de suor em sua testa. Ele arranca rapidamente a barba rala de Cal e massageia a mandíbula com um sorriso satisfeito.

— Bom trabalho, Cal — diz ele para si mesmo.

CAPÍTULO 12

— TALVEZ EU DEVESSE FICAR EM CASA HOJE À NOITE — Wren admite enquanto cacheia os fios mais longos de seu cabelo.

Uma mecha se recusa a cooperar, caindo frouxa entre as demais, como um balão murcho. Ela está no banheiro, encarando o espelho do armário de medicamentos. Acabou de tomar banho e está usando uma blusa de renda "de sair", que comprou há quase um ano. Ela não sai muito de casa, então o simples ato de usar mais do que hidratante labial marca a ocasião como notável.

Richard sai do quarto à sua esquerda. Ele trocou a camisa e calça social de sempre por uma calça de moletom cinza e uma camiseta velha. Esfrega o cabelo cor de areia e balança a cabeça.

— Sem chance — diz ele. — Wren, você precisa sair e pensar em alguma coisa que não seja trabalho por uma noite. Você merece o direito de relaxar, sabia?

— Eu sei, mas vão me perguntar sobre o trabalho mesmo assim. Todo mundo quer ouvir os detalhes macabros do que eu faço, em especial enquanto tomam alguns martínis — ela responde, cacheando outra mecha e afofando as partes que já arrumou. — Especialmente as minhas amigas.

— Bom, você já está toda vestida e arrumada. Não dá pra desperdiçar isso.

— Eu poderia simplesmente ficar bonita em casa hoje. Quem disse que o romance morreu? Talvez eu esteja planejando ficar desse jeito nas horas de folga agora. — Ela sorri e dá de ombros.

— Sim, eu sempre disse que a minha esposa precisava ficar em casa com a cara rebocada toda noite pra me manter feliz.

— Eu sabia.

Ele se inclina, colocando o rosto no espelho, ao lado do dela.

— Você não pode faltar no aniversário da Lindsey.

Wren revira os olhos em resposta.

— Tudo bem, tudo bem, você tem razão. — Ela termina a última parte do cabelo e dá uma boa sacudida em tudo.

✱ ✱ ✱

Wren entra no Brennan's apressada. Já está atrasada. Observa o salão verde, em busca de suas amigas, e finalmente as localiza em meio à multidão imensa de pessoas rindo e aproveitando os pratos artísticos de frutos do mar de Louisiana. Lindsey, Debbie e Jenna estão sentadas em um sofá *booth* redondo, e Marissa está em uma cadeira estofada rosa-coral diante delas. Quando a veem, elas acenam freneticamente. Lindsey cospe parte de sua bebida em Debbie com o movimento, e Wren já começa a se sentir à vontade no caos.

— Me desculpem pelo atraso, pessoal! Eu poderia inventar uma desculpa, mas acho que vocês me conhecem bem demais pra isso.

Wren se acomoda no assento perto de Marissa, e uma gargalhada coletiva toma conta da mesa. Com um sorriso, Lindsey empurra um Bacardi com Coca-Cola enfeitado com uma rodela de limão na direção de Wren, fazendo sinal para que ela o pegue. Sua bebida favorita, e a única que vai tomar esta noite, já que uma médica-legista está sempre de plantão.

— Claro que a gente conhece, e que bom que não é diferente. Estou muito feliz que você tenha vindo!

Wren bate seu copo no de Lindsey e sorri, agora notando a variedade de aperitivos diante dela.

Debbie aponta para as ostras, lindamente espalhadas em um prato bem na frente de Wren.

— Prove isso agora mesmo. Elas vão te matar, literalmente; estão boas demais.

— Aí você vai poder determinar a causa da sua própria morte e a sua carreira vai atingir outro patamar.

A mesa irrompe em gargalhadas embriagadas, e Wren não pode deixar de sorrir.

— Estou sempre tentando crescer. Então, o que torna essas ostras tão letais?

— São ostras *J'aime* — diz Debbie, com um sotaque francês exagerado.

— É a farinha de milho — acrescenta Jenna, devorando uma também.

— Não precisa dizer mais nada.

Wren come sua ostra sem pensar duas vezes e percebe que as amigas não estavam exagerando. Envolta em molho de tomate crioulo e farinha de milho, esta é uma ostra pela qual ela abandonaria Richard na hora.

— Ah, meu Deus. De algum jeito, vocês ainda foram econômicas nos comentários — ela elogia, tomando um gole de sua bebida.

As mulheres falam sobre trabalho, filhos, companheiros e fofocas em geral. É confortável. Quando seus pratos e copos estão vazios, Lindsey levanta a mão como se estivesse na sala de aula. Marissa aponta para ela de um jeito brincalhão, enquanto mais gargalhadas tomam conta da mesa.

— Sim, Lindsey? — ela pergunta, entre risos.

— Quero ler a minha sorte, pessoal! Podemos ir, por favor? — Ela junta as mãos, como se estivesse implorando.

— Só se for agora. — Debbie assente, pegando sua comanda do meio da mesa.

Jenna faz o mesmo, demorando um instante para virar o que resta em sua taça de vinho branco.

— Vamos nessa. Quero perguntar quanto tempo minha sogra ainda tem de vida.

— Jenna! Que horror! — exclama Lindsey, um pouco alto demais.

Jenna dá de ombros com um sorriso.

— Só estou meio que brincando.

Wren ri enquanto se levanta e pega sua bolsa.

— Também estou dentro.

— Dra. Muller, por acaso eu acabo de ouvir você dizer que está disposta e, devo dizer, animada em participar de uma besteira dessas? — Marissa provoca e segura o ombro de Wren, colocando a mão sobre o próprio coração.

— Vamos para o Fundo da Xícara! Fica só a uns minutos daqui! — Debbie decide e passa os dedos pela tela do celular. Ela se vira para todas verem as resenhas incríveis de um dos espaços esotéricos mais antigos e respeitados de Nova Orleans.

— Para o Fundo da Xícara! — elas exclamam em uníssono.

A caminhada é curta, e o ar é fresco enquanto elas descem a Conti Street e a avenida Chartres em direção ao Fundo da Xícara. Wren já fez esse mesmo percurso uma centena de vezes, mas sempre se vê enlevada pela cidade, em especial à noite. As luzes lançam sombras nas ruas. Elas se tornam parte do caminho, como deusas sendo invocadas por uma sacerdotisa vodu. Há um clima assustador e aconchegante que domina Nova Orleans à noite. Samambaias exuberantes e trepadeiras saem das varandas como fitas, complementando perfeitamente o trabalho em ferro intrincado pelo qual o French Quarter é conhecido. É só quando chegam à porta de entrada do Fundo da Xícara que os gritinhos animados das amigas tiram Wren de seu encanto.

— Oi! Acho que todas nós queremos uma leitura de dez minutos, por favor. — Lindsey gesticula na direção do grupo, e todas concordam com a cabeça.

O homem no balcão sorri e se endireita.

— Maravilha. Vocês gostariam de ler a sorte nas folhas de chá, no tarô ou na palma da mão hoje?

Lindsey dá meia-volta e coloca o assunto em votação.

— O que acham, senhoras?

Wren fala primeiro.

— Eu acho que quero tarô.

Ela é a mais familiarizada com leituras de tarô. Ainda que seja uma autoproclamada cética, algo nas cartas de tarô soa mais mágico para ela. Mesmo que seja um monte de bobagem, Wren gosta do processo, ainda que seja apenas pela parte artística e teatral.

— Leitura de tarô para todas, por favor! — anuncia Lindsey.

Wren se senta na cadeira preta na área de espera e coloca a bolsa sobre a mesa diante de si. Essas mesas são famosas por seu impressionante design de rodas zodiacais.

— Alguém quer tomar um chá enquanto esperamos? — Debbie analisa os sabores, e Wren segue seu olhar. As paredes abrigam dúzias de sabores de chá, juntamente com várias gulosemias metafísicas que prometem definir o humor certo para quem deseja entrar em um reino mais fantástico.

— Sim, pra falar a verdade, um chá é uma ótima ideia. O que você está pensando em escolher? — Wren analisa os nomes e ingredientes, sentindo-se um pouco oprimida pelas escolhas e combinações de sabores.

— Estou em dúvida entre o Blend do Monge e a Festa no Jardim do Palácio de Buckingham — responde Debbie, dando uma risadinha.

— Ah, sem dúvida a Festa no Jardim do Palácio de Buckingham, mesmo que seja só pelo nome — ela decide, encontrando-o na lista. — Além disso, pétalas de jasmim e centáurea soa lindo demais para deixar passar.

Debbie concorda, seguindo novamente para o balcão. Antes que ela volte, uma mulher mais velha e muito bonita sai dos fundos da loja. Seu cabelo está bem preso, e as maçãs do rosto rivalizam com as de David Bowie. Ao lado dela vem um homem de meia-idade. Ele tem olhos gentis e o rosto barbeado, com cachos loiros despenteados se espalhando pelo alto da cabeça.

— Boa noite. Meu nome é Martine. Podemos fazer duas leituras por vez — a mulher com perfil de estátua explica.
— Uma de vocês pode vir comigo e outra pode ir com Leo.
— Ela gesticula para o homem ao seu lado e então estende a mão para que alguém a acompanhe.

Lindsey fica em pé de um salto, agarrando a mão de Wren.

— Vamos antes que esta aqui durma. Isso é o mais tarde que ela fica acordada em meses sem que tenha um homicídio envolvido.

— Meu chá! — Wren protesta.

Debbie corre, empurrando um copo para viagem na mão de Wren.

— Eu te ajudo. — Ela dá uma piscadinha, e Wren aperta os lábios.

— Obrigada, amiga — ela ironiza antes de se levantar e se render.

Martine toca no braço de Wren de leve, para lhe mostrar o caminho. Ela segue por um pequeno corredor, até uma porta à direita. Lá dentro há uma mesa preta com um pequeno abajur verde que lembra um candelabro antigo. Um grande espelho com a moldura dourada está afixado na parede sobre a mesa, e uma pilha de cartas de tarô fica no centro dela.

— Por favor, fique à vontade. — Martine sorri, puxando uma cadeira para Wren enquanto se acomoda do outro lado da mesa. — Devo gravar o áudio desta leitura para que você possa levar depois que terminarmos?

— Obrigada, isso seria ótimo.

Wren se senta, puxando a cadeira para mais perto da mesa e prestando atenção na música de spa que toca baixinho ao fundo. Ela se inclina para admirar os desenhos intrincados na parte de trás da carta que está sobre o monte. Martine sorri suavemente para si mesma, enquanto pega as cartas com gentileza.

— São lindas, não são? Muito antigas. Foram passadas para mim pela minha avó. Essas cartas têm muita história.

Martine para um instante antes de olhar novamente nos olhos de Wren. As duas se encaram antes que a vidente empurre as cartas de lado.

— Você estaria disposta a uma breve leitura de mão antes de nós olharmos as cartas?

Ela parece compelida pela sugestão, e Wren concorda com a cabeça sem dizer nada. Por mais cética que seja sobre as linhas de sua mão contarem uma história, ela é curiosa demais para recusar.

Martine pega a mão de Wren entre as suas e a vira, analisando a palma e usando os dedos para esticar as linhas para ver melhor.

— Está vendo isto? Como um anel natural? — ela pergunta, traçando o dedo sobre uma pequena linha arqueada sob o indicador de Wren. Ela aperta os olhos para ver, mas está ali.

— Sim. Parece um pouco mesmo com um anel.

— É chamado de Anel de Salomão. Isso me diz que você é uma líder. Você é forte, independente e tem uma inteligência acima da média. Também me diz que às vezes esses traços podem comandar a sua vida. O trabalho e o sucesso sufocam seus impulsos mais criativos — sugere Martine. Wren não pode deixar de se sentir exposta.

Como é que uma linha embaixo do seu dedo pode dizer tudo isso para essa mulher?

Martine sorri, torcendo a mão de Wren de outro jeito.

— Esta linha — ela continua, apontando para um traço bem fraco que atravessa o meio de sua palma, desde a parte de baixo do mindinho até o espaço entre o indicador e o polegar. — Esta linha é única. É a Linha Símia.

Wren vê algo muito sutil, mas faz questão de olhar para o rosto de Martine, para analisar sua expressão. Martine franze o cenho antes de colocar sua outra mão sobre a palma de Wren, quase como se quisesse demonstrar consolo.

— Essa linha me diz que você tem muita dificuldade em ver a vida de maneira abstrata. Você vê tudo preto no branco. Não há tons de cinza. A natureza analítica é sua maior qualidade, mas eu também tenho uma forte sensação de que isso prejudica você na sua situação atual.

Wren sente a boca se abrir como se tivesse vontade própria.

— E que situação é essa? — Ela não consegue acreditar que está entrando na de Martine.

— Vamos ver se as cartas me contam — Martine responde, calmamente, entregando a pilha para Wren. — Use a sua mão esquerda para cortar a pilha em dois montes. Corte a pilha onde sentir mais vontade de fazer isso.

Wren faz o que lhe é pedido, mas não sente nada, então corta as cartas aleatoriamente, colocando-as viradas para cima na mesa.

As duas cartas encaram Martine. A Lua e a Sacerdotisa. Ela coloca a mão de leve sobre ambas, olhando para o rosto de Wren.

— Essas cartas estão viradas para mim, ou, mais importante, estão dando as costas para você, o que muda o significado delas — Martine começa a falar e em seguida volta a olhar para as cartas. — A Lua está dizendo para você ouvir a sua voz interior. Você está recebendo mensagens, mas está bloqueando elas. Eu imaginaria, pelo que a sua mão me disse, que é a sua natureza analítica que torna você menos aberta a essas respostas.

Wren não tem certeza do que pensar sobre essa leitura até agora.

— A carta da Sacerdotisa — continua Martina. — Isso é interessante. É outra carta que fala sobre confiar na própria intuição, mas, no seu caso, também está dizendo que você é cercada de segredos. Alguém na sua vida de agora ou do passado a envolveu em um segredo que você pode não entender completamente.

Wren revira o cérebro, tentando conectar essa história de mensagens e segredos, mas só consegue se sentir confusa. Martine junta os dois montes de cartas e os embaralha novamente. Ela oferece a pilha para Wren e finalmente a olha nos olhos.

— Por favor, pegue uma carta deste baralho.

A voz dela é suave, mas há uma força por trás de sua instrução. Sem dizer nada, Wren pega uma carta do meio do monte, entregando-a para Martine, que a vira na mesa. Ao olhar para a carta, Martine leva a mão à boca, apoiando o indicador no lábio inferior.

— O Dez de Espadas — ela anuncia e coloca o dedo sobre a carta, mostrando para Wren o homem desenhado, deitado de bruços com dez espadas enfiadas nas costas. A carta é assustadora e ameaçadora, mesmo sem uma explicação.

— Traição — Martine sussurra antes de erguer os olhos.
— Ele fez uma coisa horrível.

As palavras atingem Wren com força.

— Quem? Quem fez uma coisa horrível?

Martine balança a cabeça.

— Você sabe quem foi. Siga a sua intuição — ela aconselha, tocando as cartas da Lua e da Sacerdotisa novamente.

A respiração de Wren fica presa na garganta.

— Como? — ela pergunta baixinho, inclinando-se de leve para a frente.

Martine engole em seco, balançando a cabeça de novo.

— Você sabe como. Está tudo aí para você. Detenha-o.

Elas se encaram. A cabeça de Wren está repleta de perguntas, e seu coração parece que nunca mais vai retornar ao ritmo normal. Então, como se fosse uma deixa, o som agudo de porcelana se quebrando na parte da frente da loja interrompe o silêncio. Wren se levanta rapidamente, quase derrubando a cadeira no processo.

— Obrigada, Martine — ela fala sem perceber.

Wren dá meia-volta e sai da sala. No corredor, se vira para olhar para trás e vê Martine ainda sentada à mesa, com as mãos nas cartas.

— Como foi? Parece que você viu um fantasma. Então pelo jeito foi incrível? — pergunta Jenna, abaixada para pegar os pedaços de uma xícara quebrada. — Rolou um acidente aqui.

Wren sente como se estivesse em um nevoeiro. Pega a bolsa de cima da mesa com o símbolo do zodíaco.

— Foi ótimo. Eu preciso ir embora — ela diz, apressada.

— Ah, não, ligaram do trabalho? — Marissa se levanta quando Leo traz Lindsey do fundo da loja.

— Nãããããão! Alguém morreu no meu aniversário? — ela reclama. Wren lhe dá um abraço rápido.

— Infelizmente sim — ela mente. — Parabéns, querida. Foi divertido. Estou muito feliz por ter vindo comemorar com você.

Ela coloca um sorriso forçado no rosto e se vira para ir embora.

— Wren! — a voz de Martine a chama. Ela segura um pequeno envelope quadrado nas mãos. — Sua gravação.

Wren respira fundo novamente, encontrando-a no meio do caminho para pegar o objeto.

— Obrigada, Martine.

Ao sair, ela olha para trás rapidamente e vê Martine fazer um sinal afirmativo com a cabeça. Wren segura a bolsa com força e caminha na direção do seu carro, tentando desesperadamente tirar essa sensação da mente.

É tudo falso. Um golpe de sorte. Ela provavelmente já me viu na mídia ou algo assim.

Ela guarda o CD na bolsa e se acomoda no banco do motorista.

Eu devia ter ficado em casa.

***

Wren se vê diminuindo a velocidade ao lado de um bar não muito distante dali e, por acaso, percebe que Leroux está parado na porta. Ela o vê seguir até a entrada do bar, diminuindo o passo brevemente para dar uma tragada no cigarro. Ele exala a fumaça no ar frio da noite, e Wren observa enquanto a nuvem de veneno forma uma espiral na brisa leve. A fumaça dança um pouco antes de se dissipar na atmosfera, e ela sente calma por um instante, enquanto a observa desaparecer. Quando olha novamente para Leroux, fica claro que ele também precisa de um escape, mesmo que por um segundo.

— Perdão, querido! — Uma jovem se joga nos braços de Leroux, fazendo-o cambalear para trás. Ela se desculpa entre risos e luta para permanecer em pé no salto muito alto.

Wren não pode deixar de rir da cena. Ela estaciona e segue Leroux lá para dentro. O parceiro dele na polícia há dois anos, o detetive William Broussard, já está acomodado em um banco, aparentemente tendo criado raízes diante do balcão do bar há horas, a julgar pelo copo com o líquido âmbar parcialmente bebido diante dele.

— Oi, meninos — ela anuncia, sentando-se em um banco ao lado deles.

— Muller! Que surpresa te encontrar neste fim de mundo. E tão tarde. Já não passou da hora de estar na cama? — Leroux responde, sorrindo de orelha a orelha.

— Haha. Eu estava passando na rua e vi você aí na frente. Achei que não podia desperdiçar a coincidência.

Will não tira os olhos da TV que fica bem em cima das prateleiras de bebidas.

— Dá para acreditar que essa merda ainda chama a atenção? — ele pergunta, fazendo um gesto com a cabeça para a notícia que passa na tela.

Leroux e Wren seguem o gesto dele e erguem os olhos para a televisão. O noticiário local mostra um homem de meia-idade sendo entrevistado por um repórter jovem e ansioso. O homem parece exausto e torce as mãos nervosamente enquanto fala.

— É o ocultismo. Os adoradores do diabo estão se infiltrando nesta comunidade, e enquanto não voltarmos a respeitar os ensinamentos de Jesus Cristo, mais pessoas inocentes vão ser sacrificadas para a escuridão — o homem prega na tela.

Ele ergue as mãos ao dizer as últimas palavras, e o repórter concorda com a cabeça com entusiasmo durante o sermão. A câmera então muda para outra entrevista com um grupo maior de cidadãos preocupados, usando uma variedade surpreendente de camisetas, bonés de beisebol e shorts jeans. O grupo está frenético, com seus integrantes animando uns aos outros atrás de um homem com um microfone.

— Esta comunidade corre o risco de se tornar vítima dos ardis do demônio! — ele grita. — Nossos filhos são os próximos! Vocês não veem? Esses discípulos de Satã vão arrancá-los de suas camas e sacrificá-los para o seu mestre! A polícia precisa pegar esses malucos e jogá-los no pântano. Por que a gente de bem de Nova Orleans é a única que vê que isso é trabalho de um grupo de adoradores do demônio?

O repórter, que tentou interromper algumas vezes, por fim pergunta:

— Então, vocês acham que os assassinatos recentes não são incidentes isolados, como tem sido afirmado pela polícia?

A multidão grita suas respostas de maneira incoerente, e o porta-voz não oficial concorda com a cabeça agressivamente.

— A polícia está mentindo para nós! Eles não querem que nós saibamos quão profundamente o ocultismo se enraizou nessa comunidade. Isso é trabalho do demônio e dos seguidores deles. Guardem minhas palavras!

Leroux ri e afasta o olhar da tela, apontando para a bebida de Will quando a garçonete se aproxima.

— Quero o mesmo que ele está bebendo, por favor.

Ela sorri e assente, pega um copo embaixo do balcão e serve uma dose de uísque Macallan doze anos.

— Saúde. — Ele brinda e levanta o copo, e Wren o imita, encostando um copo invisível no dele.

Will balança a cabeça e toma um gole de seu copo.

— Esse pânico de coisas satânicas devia desaparecer em algum momento, certo? Nós voltamos para os anos oitenta, então é completamente aceitável presumir que góticos raivosos estão cometendo assassinatos sofisticados.

— Bem provável de acontecer — Leroux suspira.

Will ergue uma sobrancelha e se vira para olhar para o parceiro.

— Nós estamos realmente no ponto em que simplesmente aceitamos uma quebra completa do pensamento racional?

Leroux dá de ombros levemente enquanto toma um gole de sua bebida.

— Bem, mais ou menos. — Ele gesticula para a TV acima deles. — As pessoas procuram padrões que não existem porque estão morrendo de medo. Não conseguem lidar com o fato de serem tão propensas quanto as vítimas a serem pegas por um psicopata de aparência totalmente normal, então inventam essas merdas.

— Odeio quando você faz sentido. — Will balança a cabeça e se recosta em seu assento. — O problema é que essas pessoas estão redirecionando o foco agora. Em vez de procurar um único imbecil que mora em um porão, responsável por essas cenas de crime estranhas, elas encorajam as outras a atacar qualquer um que esteja usando uma camiseta do Metallica.

— Sim, e esses canais novos estão dando palco para as merdas deles.

— Ah, chega, não consigo mais falar sobre isso. — Will se vira. — Nada ainda naquele papel que ele deixou com o livro?

Leroux balança a cabeça.

— Nada. O Ben está completamente perdido.

— Esse cara realmente acha que é mais esperto do que todo mundo em volta dele. E com certeza está adorando tudo isso. — Will zomba, gesticulando novamente para a tela.

Leroux concorda com a cabeça, apertando um pouco os lábios.

— Eu concordo que ele acha que é mais esperto que todo mundo, mas eu poderia apostar que ele está irritado com essa coisa de Satã.

— Sério? Eu acho que ele ficaria empolgado por afastarem qualquer desconfiança dele. As pessoas não estão procurando alguém tipo Ted Bundy. Esses todos estão preocupados com Charles Manson e a família.

— Só não acho que ele seja tão simplório. Pelo menos com base no perfil dele.

— Você acha? — Will pergunta, incrédulo. — Acho que tenho que acreditar no seu palpite estranho dessa vez.

Leroux ri e se inclina para a frente, apoiando os cotovelos no balcão.

— Sim, bem, vamos esperar que eu não esteja muito fora da caixinha. Para mim, ele parece um assassino clássico e organizado. Wren, conta para o Will o último capítulo desse cara na sua ascensão para a glória?

Will suspira e abaixa a cabeça dramaticamente.

— Tenho a sensação de que não quero saber.

— Sabe aquele último corpo? Ele foi refrigerado — Wren entra finalmente na conversa.

— Espera aí. O quê? Refrigerado? Por quê?

— Isso atrapalha na hora de estimar com precisão a hora da morte. Acaba com a progressão do *livor mortis*, ou algo assim — Leroux se intromete.

— Uau, muito bem. Está querendo tirar o meu emprego, por acaso? — Wren o provoca.

Will apenas balança a cabeça quando pergunta:

— Ele não fez isso com a outra vítima, né?

— Não. Só com a última — confirma Wren.

Leroux ergue os olhos para o espelho, pisca e estreita o olhar com determinação. Ele se levanta e dá meia-volta em direção ao bar lotado, com os olhos selvagens, mas focados.

— O que você está olhando? — Will também se vira e estica o pescoço.

Leroux caminha direto até um grupo de pessoas, trombando com a bebida de alguém ao passar.

— Seu babaca! — o desconhecido reclama, erguendo as mãos, frustrado, e tentando limpar a camisa.

Leroux o ignora e não para até chegar diante da parede bem à direita da entrada. Wren aperta os olhos, observando os dois lados do bar. Dá para ver que um folheto branco colado no painel de madeira escura chamou a atenção de Leroux. É o anúncio de um festival de jazz que vai acontecer na Bourbon Street – um esquenta para os festejos de Mardi Gras, capaz de reunir uma multidão considerável. Ela observa quando Leroux estende a mão e toca o papel, sentindo a borda com a flor-de-lis em relevo. Ela tem um brilho iridescente.

Exatamente como o pedaço de papel deixado com o último corpo.

CAPÍTULO 13

Jeremy observa Emily acordar pela tela do monitor, sem dúvida com a cabeça latejando ao abrir os olhos. Ela tenta desesperadamente se livrar do torpor causado pelo coquetel de clorofórmio e cetamina, percebendo muito rápido que está cercada por uma escuridão absoluta e sentada em algo úmido e esponjoso.

Ela provavelmente está se perguntando por que está ao ar livre. No entanto, antes que possa contemplar sua situação com muita profundidade, o som brusco de uma microfonia ecoa alto na escuridão, fazendo-a ficar em pé. Ela luta para manter o equilíbrio e hesita um pouco, tentando encontrar a origem do som, mas se assusta novamente quando a voz de Jeremy começa a falar.

— Boa noite, convidados. Eu adoraria se todos vocês pudessem me dar sua atenção por um momento.

Será que ela já reconheceu a minha voz?

— Em algum lugar perto de cada um de vocês há uma lanterna. Façam uso dela. Não preciso que alguém se afogue sem querer no pântano.

Emily vasculha o chão ao seu redor, movendo o rosto perto do musgo e das raízes que se arrastam sob seus pés.

É quase engraçado ver de onde Jeremy está. Sua câmera com visão noturna banha tudo em uma luz verde, fazendo Emily parecer uma criatura alienígena enfiando o rosto no chão. Na verdade ela não enxerga um palmo diante do nariz. Ela apalpa cegamente a superfície em que está pisando, encontrando apenas terra encharcada até que seu pé encoste em algo diferente e sólido. É a lanterna.

— Vocês foram deixados em locais aleatórios da minha propriedade. Há uma cerca ao redor do perímetro, e alto-falantes foram colocados em vários lugares.

Agora ela já deve saber.

O rosto dela muda. É o reconhecimento completo. É a voz de seu parceiro de laboratório que sai dos alto-falantes. É a voz da última pessoa que ela se lembra de ter visto antes de abrir os olhos aqui.

Com um sorriso satisfeito, ele continua pelo alto-falante.

— Vejam, esse jogo é simples. Sua única tarefa é fazer o melhor possível para me evitar enquanto eu ando por aí. Simples assim. O nome do jogo é sobreviver, meus amigos. Tentem fugir, se conseguirem. A única coisa entre vocês e a sua liberdade são alguns hectares de pântano... e eu.

Ela acende a lanterna. O feixe de luz revela que uma cobertura de musgo a cerca. Os galhos baixos do que parecem ser mil ciprestes-calvos avançam na direção dela como predadores famintos. Emily está completamente sozinha, mas ele se assegurou que ela se sentisse sufocada. Ela respira com dificuldade e solta um solucinho infantil.

— Não se preocupem, sou um cara justo. Dei uma vantagem generosa para vocês. E não se esqueçam de dar o máximo de si. Essas podem ser suas últimas horas como um saco senciente de carne.

Emily cambaleia para a frente quando um medo paralisante visivelmente inflama seu sistema nervoso. Por um segundo, Jeremy acha que ela vai surtar. Em vez disso, ela respira fundo e fecha os olhos. Seu rosto fica quase calmo. Usando a lanterna recém-encontrada, ela começa a fazer um inventário do próprio corpo.

Ela está procurando marcas. Garota esperta.

Ela encontra alguma coisa – o pequeno hematoma que quase certamente está dolorido em seu braço. Dá para ver que ela sabe que foi drogada. Quando olha para os pés, para os mocassins surrados, uma cobra grande o bastante para que Jeremy veja na câmera desliza ao seu lado, e ela grita de frustração. A copa das árvores bloqueia qualquer luz da lua, e o som interminável dos mosquitos mantém os sentidos dela no limite. O som pode manipular as emoções melhor do que quase qualquer outra coisa. Em algum lugar, uma coruja pia, e ela dá um pulinho de susto. Ele leva o microfone aos lábios novamente.

— Vamos começar. Meu conselho? Corram.

Jeremy hesita por um instante, mas Emily não. Ela sai correndo. Tropeçando no terreno irregular e nas raízes retorcidas dos ciprestes, ela procura freneticamente por segurança. E, de repente, outro som atravessa a escuridão, fazendo-a cobrir os ouvidos.

Música. Ele começa a tocar música.

CAPÍTULO 14

Wren entra no laboratório pela porta dos funcionários. Caminha rapidamente pelo corredor, e os saltos de seus sapatos fazem barulho no piso recentemente reformado. Ela vai até o escritório, onde Leroux pediu que o encontrasse.

Ao dobrar a esquina, ela vê Leroux lá dentro, falando ao telefone. Pelo sorriso no rosto dele, Wren pode dizer que é uma ligação pessoal com Andrew.

— Eu sinto muito mesmo sobre o creme. Eu sei que você odeia quando deixo a embalagem vazia na geladeira, como um babaca — Leroux admite timidamente.

A voz de Andrew pelo telefone é alta o bastante para que Wren possa entender quase tudo o que ele está dizendo.

— John, está tudo bem. Eu sei que esse caso vem incomodando você ultimamente.

Ele não consegue compreender completamente o que o trabalho de Leroux exige dele, em especial ultimamente. Andrew é chef executivo em um restaurante sofisticado em Nova Orleans, trabalhando uma quantidade de horas igualmente absurda, mas o tipo de estresse é incomparável. Clientes exigentes e funcionários incompetentes podem resultar em um turno difícil e em uma classificação de merda no aplicativo de restaurantes, mas testemunhar os horrores que os seres humanos infligem deliberadamente uns sobre os outros é algo muito mais profundo. Ele pelo menos tenta se solidarizar, e é isso o que importa.

— Sim, tem sido bem estranho, e eu sinto como se estivesse decepcionando o meu pai, ou coisa assim.

— Não fique deprimido agora. Você tem um trabalho para fazer. — As palavras de Andrew são quase como um tapinha nas costas, e Wren observa a expressão de Leroux se suavizar. — E você está no caminho certo, depois que encontrou aquele folheto.

— Sim, sim. Você está certo.

— Só que, da próxima vez que eu ficar sem creme para o meu café, não vou ser tão compreensivo.

Wren não consegue evitar e leva a mão à boca para disfarçar a risada, encarando Leroux. Ele ergue os olhos e sorri, balançando a cabeça e colocando Andrew no viva voz.

— Andrew, diga oi para a Muller.

— Oi, Wren! — Andrew grita ainda mais alto pelo alto-falante.

— Oi, Andrew! Como vai o meu chef favorito de toda a Louisiana? — Wren sorri e se senta.

— Ah, você sabe, arrasando no mundo da culinária e mantendo o meu namorado rabugento sob controle.

Wren encara Leroux, que revira os olhos. Ele se inclina e vira o microfone do celular em sua direção.

— Tudo bem, chega de conversa fiada por hoje. Vejo você em casa, Andrew.

— Toda festa tem um estraga-prazeres; é por isso que nós convidamos você — Andrew consegue dizer antes que Leroux desligue.

Wren ri novamente, rodopiando na cadeira para olhar para a sala em que estão.

— Eu amo o Andrew.

— Sim, ele é um doce. Bom, vamos ao que interessa. O folheto. Ainda não acredito. Estou falando, era como se fosse o destino. Eu vi pelo maldito espelho! — Leroux está animado, os olhos ardendo de exaustão e excitação. — É do festival de jazz deste fim de semana. Os detalhes decorativos, a cor e o tipo combinam exatamente com o pedaço que nós encontramos.

Wren se levanta.

— Presumo que nós temos uma reunião com Ben.

Eles entram na área do laboratório, onde Ben está sentado em um banco diante do balcão. Ele é alto e magro, com óculos de aros redondos e cabelo preto cortado baixo. Ao lado dele está o parceiro de Leroux, Will, esperando impaciente, com as mãos enfiadas nos bolsos.

— E então? — Leroux pergunta, ansioso, quando eles se aproximam, com os braços abertos.

— Definitivamente, é o mesmo papel. Dá para ver que os dois são reciclados, com pedaços de resíduos distribuídos de maneira uniforme pela página, e têm o mesmo brilho do papel original — Ben explica enquanto coloca o papel deixado perto do corpo da vítima ao lado do folheto do bar para demonstrar o que está dizendo.

Leroux e Will não podem deixar de espelhar o sorriso orgulhoso de Ben.

Wren interrompe o espírito comemorativo.

— Você acha que ele já matou a próxima vítima ou ainda está procurando onde desovar?

— Não dá para saber com certeza. Não acho que possamos impedir algo de acontecer aqui; só podemos nos preparar para o que vem a seguir — responde Leroux, agora solene.

Wren desvia o olhar e balança a cabeça.

— Esse cara é inacreditável.

— O Carniceiro voltou — diz Ben, quase sem prestar atenção.

Wren para abruptamente, virando-se bem rápido para encarar o grupo.

— O Carniceiro?

Ben olha para Wren e depois para Leroux, sentindo que falou demais.

— Sabe como é... os métodos superviolentos, a água do pântano...

Wren caminha rapidamente até o corredor, encontra um bebedouro e vai até ele. Enquanto bebe água no minúsculo copo de papel, seus pensamentos se emaranham como ervas daninhas. Recompondo-se rapidamente, ela volta a se juntar ao grupo:

— Me desculpem. Fiquei com sede de repente.

Leroux ergue uma sobrancelha, como se fizesse uma anotação mental de, mais tarde, perguntar como ela está.

Ele prossegue:

— O festival vai acontecer daqui a poucas horas. Vou levar isso até a delegacia e ver o que os superiores querem fazer. Muller, você vem comigo?

— Você já me convenceu quando disse "Carniceiro" — diz ela, enquanto sai pela porta da frente ao lado dele.

* * *

De repente, Wren fica ainda mais grata por ser chefe no escritório do serviço médico-legal. Ao entrarem juntos na delegacia, ela sente que, de algum modo, a atmosfera fica mais pesada. O cheiro de café velho e frustração paira no ar como uma brisa úmida.

À primeira vista, o tenente é intimidador. Ele é fisicamente imponente, com braços grossos, a cabeça careca e olhos cinzentos que podem deixar qualquer um de joelhos. Com mais ou menos um metro e oitenta e cinco, ele foi feito para uma posição de poder. E, neste momento em particular, está examinando documentos e relatórios que foram enfiados em sua cara logo de manhã. Leroux e Will não perderam um segundo para contar a novidade da recém-descoberta conexão comprovatória. Ambos irrompem em sua sala, falando ao mesmo tempo, em uma névoa de exaustão e adrenalina, até que o tenente levanta uma de suas mãos imensas e exige silêncio e espaço para ler o que jogaram sobre sua mesa. Agora, Leroux pode ver as engrenagens funcionando na cabeça do tenente, enquanto as peças do que precisa ser feito a partir de então começam a se encaixar.

— Quer dizer que vocês acham que vai acontecer uma desova? — ele pergunta, erguendo os olhos para encarar Leroux e Will. Seus olhos se encontram brevemente com os de Wren, e ele lhe faz um gesto de aprovação rápida com a cabeça.

Leroux assente e se inclina para a frente, com os cotovelos nos joelhos. Ele responde:

— É exatamente o que eu acho.

— Devemos tentar cancelar o festival? É possível fazer isso a esta altura? — questiona Will.

O tenente balança a cabeça e se recosta em sua cadeira.

— Sem chance. Tecnicamente, o evento já começou. Tem centenas de pessoas vindo para Nova Orleans enquanto nós conversamos. É um evento que vai durar o dia inteiro.

Leroux aponta para o folheto e esclarece:

— Essa divulgação se refere especificamente ao evento que começa às quatro da tarde.

— Então dá tempo de tirar as pessoas de lá. Nós realmente não sabemos a extensão do plano dele. No melhor dos cenários, vai ser uma desova, mas nós podemos estar olhando para uma coisa muito pior — acrescenta Will, preocupado.

— Evacuar as pessoas pode causar um caos generalizado — intervém Wren, erguendo um dedo para enfatizar seu ponto.

— A dra. Muller está certa. Uma ação dessas vai assustá-lo. Se esse babaca planejou alguma coisa para hoje à noite, ele vai notar se o lugar começar a ser esvaziado antes da hora. Além disso, o êxodo em massa iria causar caos e pânico. A nossa comunidade já está no limite. Ninguém precisa ser perseguido por um fantasma — decide o tenente, coçando o queixo e sentindo o folheto entre os dedos. Ele se levanta e caminha até o outro lado da mesa. — Vamos reunir uma equipe. Eu quero todos os policiais que nós pudermos colocar nisso. Olha, vamos equipar até o pessoal do setor administrativo. Quero o festival cercado por várias fileiras, como os dentes de um tubarão. Ninguém se mexe sem ser notado. Se as pessoas tiverem problemas com isso, é só lembrar que há um possível serial killer transformando suas vítimas em carne de porco desfiada.

Leroux se vira para Wren e instrui:

— Muller, reúna sua equipe e venha conosco.

O tenente assente e sai da sala concordando com a cabeça:

— Sem dúvida. Telefone para eles. Precisamos de vocês na cena do crime desde o início.

— É claro. Vou chamar o pessoal agora mesmo. — Wren pega o celular e manda mensagens para os membros de sua equipe que pretende escalar.

Ela segue Leroux e Will até o corredor, ouvindo-os informar alguns policiais que estão ali perto. No que parece ser um instante, a cena dentro da delegacia deixou de parecer administrativa para ganhar um ar de estado de urgência intensificada.

— Entre aqui, Leroux. Não temos tempo para desperdiçar encarando o abismo. — O tenente acena com a mão gigante e desaparece na sala de reuniões.

Leroux entra na sala com Wren logo atrás dele. Todo mundo está agitado. O ar parece denso, com partes iguais de adrenalina e energia nervosa. A voz estrondosa do tenente atravessa o ar como um facão.

— Aqui — declara o tenente, batendo com o folheto do festival de jazz no quadro de avisos que foi colocado na frente da sala. Ele prende o papel com uma tachinha e se vira para encarar o grupo. — É onde o assassino responsável pelos crimes que nós encontramos no Pântano Sete Irmãs e no Twelve Mile Limit provavelmente vai estar hoje à noite.

Se é que podemos acreditar nas pistas que ele mesmo deixou, ele está planejando acabar com a vida de mais pessoas inocentes. Leroux e Broussard, venham aqui.

Leroux e Will trocam um olhar ansioso, mas seguem as ordens de seu superior. A sala começa a se dissolver no caos enquanto as notícias chegam a todos de uma vez. Leroux odeia ficar parado na frente da sala. Wren já consegue ver as manchas vermelhas aparecendo em sua clavícula. Assim como ela, ele prefere a solidão da pesquisa e do trabalho braçal individual à imensa pressão de compartilhar informação vital com um grupo maior. Leroux limpa a garganta e gesticula um tanto abertamente para o folheto preso no quadro de avisos.

— Então, nós encontramos uma correspondência bastante definitiva com o pedaço de papel que foi encontrado no corpo da última vítima. Ele veio desse folheto, do festival de jazz que vai acontecer hoje à noite, no centro. Com base no que nós descobrimos ser um padrão emergente entre essas cenas de crime, é extremamente provável que uma desova de corpo aconteça no festival, ou então em algum lugar ali na região.

Um jovem patrulheiro levanta um dedo no ar, o cotovelo apoiado no braço da cadeira, com uma postura clara de ceticismo.

— Como é que esse cara vai considerar a ideia de largar um cadáver em um festival imenso? Até agora só fez desovas à noite. A gente deve mesmo acreditar que ele de repente escalou até esse nível de confiança? — ele pergunta, enquanto seu rosto se contorce em uma expressão de exasperação.

Will responde antes de Leroux.

— Olha, ninguém está dizendo que nós sabemos exatamente qual vai ser o plano dele. Se a gente soubesse, já teria um programa de TV e ninguém mais iria morrer — ele brinca.

Os presentes dão risadinhas, e o intrometido vira a cabeça de lado com um rosnado. Leroux sorri também, mas rapidamente retorna seu foco para a situação diante de si. Wren percebe que ele quer dizer mais coisas. Ela gostaria que ele fizesse isso.

— O que nós sabemos é que todos os sinais apontam para alguma coisa grande acontecendo no festival. Agora, se é um alarme falso ou uma pegadinha, não é pertinente, de verdade. Não podemos nos arriscar, e acho que ninguém vai nos culpar por agir de forma massiva aqui — Leroux confirma.

A sala parece concordar que uma reação exagerada é preferível a possivelmente arriscar mais vidas. O tenente usa sua voz profunda e severa para silenciar os murmúrios.

— Essa é a prioridade número um agora. Todo mundo precisa manter os olhos abertos e o radar ligado nesse evento. Se eu encontrar um celular na mão de alguém hoje à noite, vou fazer a pessoa comê-lo — ele adverte.

As risadinhas tomam conta da sala novamente, seguidas por conversas ansiosas, enquanto Leroux e Will começam a explicar o plano de ataque. Will abre um mapa do local do festival e o prende no quadro.

— Tem três palcos montados aqui. Um principal e dois menores — Will explica, apontando para as três áreas no mapa. — Obviamente, a maior parte da multidão vai se reunir nessas áreas, assim como nos pontos onde a comida é vendida. As pessoas adoram comer, e adoram ouvir música barulhenta de perto. Vamos posicionar a maioria de vocês ao redor dessas zonas de alto tráfego e escalonar a cobertura pelo resto do espaço do festival.

Leroux assente em aprovação, juntando as mãos e levando-as ao queixo.

— Cada uma das entradas e das saídas precisa ser coberta com toda a atenção. Ninguém entra nem sai sem que nós saibamos — ele acrescenta.

Wren vê o ceticismo em algumas das expressões na sala e sabe que Leroux também percebe. Mesmo ela não consegue evitar as perguntas que se formam em sua mente. Será que o assassino é tão ousado assim? Ele é realmente tão estúpido? Seu nível de confiança sempre pareceu ser mais alto que o da maioria, mesmo na desova do primeiro cadáver. Não é inteiramente impossível que ele seja capaz de escalar até essa grande demonstração de poder. Mas ela também se pergunta se o plano de Leroux e as legiões de policiais vão ajudar de verdade hoje. Esse assassino é o tipo de cara que se mistura. Ele não faz as pessoas atravessarem a rua para evitá-lo, ou segurarem as bolsas com mais força quando passam ao seu lado. Ele não demonstra sua maldade. Com base no perfil dele, Wren acredita que ele é capaz de convencer a maioria das vítimas a acompanhá-lo por vontade própria. Ele não as abduz pela força. Ele está interessado em causar o caos a distância, e não em se entrincheirar nele.

Wren examina a sala com mais desconforto do que quando entrou.

CAPÍTULO 15

JEREMY APERTA UM BOTÃO EM SEU CELULAR E ACIONA O alto-falante no microfone. A playlist que preparou meticulosamente para esta noite começa a soar pela escuridão, e ele sorri de ansiedade. Ele sai do galpão que abriga seu equipamento de áudio e leva um segundo para regar um de seus arbustos sedentos de magnólia, passando gentilmente as pétalas brancas delicadas entre os dedos. Ele respira o ar fresco da noite e move os ombros com a música. "Suffragette City", de David Bowie, ecoa pelos hectares de terreno pantanoso isolado, e ele confere suas ferramentas mais uma vez. Toca de leve na Glock 22 guardada no coldre em torno de sua cintura e dá um tapinha no bolso da perna direita da calça cargo para confirmar que ainda está com a faca de caça serrilhada de quarenta centímetros. Puxando a correia da espingarda pendurada nas costas, ele caminha sem pressa pelo abismo de árvores que se estende à sua frente.

Durante a infância, a família reprimiu sua curiosidade. Ele não era encorajado a ir atrás das coisas que mais o interessavam. Sua inclinação para explorar o funcionamento interno de pequenos animais por meio da dissecação deixava as pessoas desconfortáveis. E, depois que seu pai morreu, ele ficou ainda mais ressentido com a mãe e com o jeito como ela o impedia de atingir seu verdadeiro potencial. É por isso que teve uma esperada sensação de alívio, anos atrás, quando se libertou dela. Agora, sua curiosidade é ilimitada, e ele está livre para jogar do modo que desejar.

Ele se pergunta se seus outros convidados ouviram quando ele os instruiu a correr. Presumindo que estão em movimento e não presos ao lugar, morrendo de medo, eles provavelmente vão acabar se encontrando uns com os outros em algum momento da noite. Isso pode tornar as coisas um pouco bagunçadas. Ele não gosta de bagunça, mas às vezes a aceita como inevitável. Abaixando-se sob a barba-de-velho e colocando os óculos de visão noturna, ele passa por cima de raízes retorcidas e vasculha as árvores diante de si. Quando nada aparece, ele destrava o celular. O aplicativo conecta as várias câmeras de segurança escondidas ao redor da propriedade e ganha vida ao seu comando. Ele verifica os diversos ângulos das imagens, até chegar em um que mostra Emily na escuridão.

Os sons atordoantes da noite se misturam com a batida da música. Ele vê Emily de costas para um cipreste, enfiando os dedos nos ouvidos. Enquanto observa a luta dela para recuperar o fôlego e ajustar a visão à escuridão, Jeremy se pergunta que pensamentos estão passando pela mente dela agora. Ela vasculha a área ao seu redor, provavelmente se perguntando se ele está por perto. Bem quando ele começa a se cansar dela, ela se move para a frente. Ela vai fazê-lo trabalhar para conseguir o que quer. Agora ela está se movendo pelo terreno pantanoso, mantendo um ritmo rápido e fazendo uso mínimo da lanterna. Ele precisa acionar outros ângulos de imagem para continuar a acompanhá-la. A pulsação dele se acelera com o desafio.

De repente, ela para. Ele nota que a atenção dela se volta para a esquerda, e ela congela. Desligando a lanterna, ela espera e tenta escutar através da cacofonia de sons. Jeremy escuta o que a deixou nervosa. O estalido de um galho que deve ter parecido ocorrer a um milhão de quilômetros e, ao mesmo tempo, bem ao lado dela. De repente, um facho de luz a envolve.

— Quem é você? — uma voz em pânico, decididamente feminina, grita atrás da luz da lanterna.

Emily solta a respiração, e Jeremy consegue ver todo o corpo dela estremecer.

— Emily. Meu nome é Emily — ela gagueja, colocando uma mão no peito e fechando os olhos para bloquear a luz forte.

A luz diminui, e há um suspiro audível de alívio da proprietária da lanterna.

— Ah, graças a Deus. — Katie fecha os olhos cansados e se agacha, apoiando-se em uma árvore com uma mão que está suja com o próprio sangue seco. Os olhos de Emily são atraídos para aquela visão como uma mariposa é atraída por uma chama.

— Quem é você? — Emily liga a própria lanterna, lançando um feixe de luz na convidada irritante de Jeremy.

— Katie. Mas as apresentações não importam agora — ela retruca. — Ele vai nos matar de qualquer jeito. Mesmo assim, que bom te conhecer. — Ela esfrega a testa e começa a chorar baixinho.

Patética.

Emily nega com a cabeça.

— Ele não vai me matar.

Katie dá uma risadinha de leve e se obriga a ficar em pé.

— Claro. Olha, você acabou de chegar aqui. Estamos com ele há dias. Onde ele te pegou?

Jeremy não pode deixar de sorrir.

— Cal é meu colega de laboratório. Nós fazemos faculdade juntos. — Ela vira a cabeça de um lado para o outro, sempre vigilante.

— Quem é Cal? Ele está aqui também? — Katie parece confusa e frustrada.

Jeremy dá uma gargalhada.

Emily ergue uma sobrancelha, virando os olhos para o lado.

— Ele é o cara que está fazendo tudo isso. Eu pensei que você tivesse dito que passou dias com ele.

Ela também parece confusa. Jeremy está encantado.

Katie está visivelmente irritada.

— Não sei quem é Cal, mas o nome desse cara é Jeremy.

— Que seja. Escute, quem mais está por aí? Tem mais alguém? — Emily pergunta.

Ele consegue ver o pânico retornar ao rosto de Emily enquanto ela pensa na possibilidade de haver mais alguém rondando por ali.

Katie choraminga baixinho, completamente exausta.

— Meu amigo Matt. Ele deve estar em algum lugar por aí. A menos que o Jeremy já o tenha encontrado.

Emily respira fundo audivelmente e olha ao redor.

— Tudo bem, Katie. A gente tem que se mexer. Vamos tentar encontrar o Matt — ela declara.

Ele vê a luz da lanterna de Katie diminuir levemente. Emily também consegue perceber.

— Acho que é melhor desligar a sua lanterna. — Ela gesticula na direção do facho de luz da lanterna de Katie.

Katie dá uma risadinha de deboche e nega com a cabeça.

— Sem chance. Passei dias em um porão escuro como breu. Por que diabos eu vou querer ficar vagando aqui fora na escuridão também?

Emily morde o lábio e tenta manter a compostura enquanto explica:

— Bem, a luz está ficando mais fraca. Daqui a pouco você não vai ter muita escolha.

A voz dela é aguda e parece ofendida.

Katie vira a luz para iluminar o próprio rosto e dá de ombros.

— Como eu disse, ele não vai nos deixar sair daqui. E eu não vou morrer no escuro.

Emily cede e sai andando atrás dela.

A música termina. Emily e Katie olham para o céu com alívio. Então, sem aviso, "Moondance", de Van Morrison, começa a encher a escuridão, fazendo as duas se sobressaltarem. Enquanto elas se arrastam pelo mato espesso, se abaixando para passar pela barba-de-velho viscosa e afundando até os tornozelos no charco a cada passo, ele vê Emily lutando para permanecer alerta através dos sons sufocantes do pântano e da música jovial doentia.

— O que foi isso? — Ela para de se mover e estica o pescoço para vasculhar através do caos.

Jeremy está se mexendo agora. Ele desliza lenta e silenciosamente na direção delas. Permanece longe o bastante para ficar fora da vista, mas perto o suficiente para observar a cena com seus próprios sentidos. Katie fica paralisada e gira a cabeça em todas as direções, para óbvio desgosto de Emily.

— Matt? — ela chama alto demais.

Emily agarra Katie e coloca uma mão sobre sua boca, calando-a agressivamente.

— E se o Cal ouvir você?! — ela sussurra asperamente no ouvido da outra, alto o bastante para Jeremy ouvir.

Ele está sorrindo agora. É como assistir a um espetáculo. Ele não previu que tudo sairia tão perfeito. Katie e Emily encarnaram seus papéis como atrizes em um palco.

Katie afasta a mão de Emily, encarando-a com a expressão zangada, e abaixa a lanterna.

— E se for o Matt? — ela rosna.

Emily levanta um dedo para silenciá-la novamente e estica a cabeça para escutar. O clique familiar de metal contra metal. Jeremy aciona sua espingarda, fazendo bastante barulho e tornando-se parte da performance.

— Se abaixe! — Emily grita, jogando-se no chão e puxando Kate consigo.

Instintivamente, Emily cobre os ouvidos, e Katie grita, largando-se na lama como uma boneca de pano. Assim que elas se jogam no solo pantanoso, o tiro atinge a árvore atrás delas, criando uma explosão de pedaços de tronco e fumaça.

Emily conhece aquele disparo. Uma vez ela disse para Cal que seu pai a ensinara a mexer com todo tipo de arma quando era pequena. Ainda que nunca tenha se interessado em ter sua própria arma, o conhecimento ainda permanece.

— Lutar ou fugir, garotas. Lutar ou fugir — Jeremy sussurra para si mesmo.

Seus olhos nunca abandonam a cena que está diante dele. Dá para sentir o medo delas de onde ele está. É como uma onda crescendo, enchendo o ar com o cheiro de pânico e desespero.

— Vamos, Katie! Vamos! — Emily empurra Katie para a frente, mantendo-se abaixada e escolhendo fugir.

Katie soluça e cai no chão, cobrindo a cabeça com as mãos e criando uma comoção.

— Katie, você precisa ficar em silêncio e se mexer! — Emily praticamente cospe as palavras com raiva.

Eu sabia que ela odiaria Katie.

Jeremy as colocou juntas por um motivo, e está satisfeito com a animosidade que nasce entre as duas.

Katie balança a cabeça, soluçando, paralisada, apoiada nos joelhos e nas mãos.

— Não consigo! Não consigo! — ela chora.

Emily se aproxima dela e, em um instante, passa o braço ao redor do pescoço da outra moça e coloca a mão sobre a boca de Katie. Sem uma palavra, começa a arrastá-la em ritmo acelerado. Jeremy as acompanha rapidamente, saboreando o poder que vem de ver alguém que não consegue vê-lo. Abrindo caminho em meio ao mar de árvores, elas finalmente param para descansar. Emily quase despenca no chão de cansaço.

— Não podemos ficar muito tempo paradas aqui — Emily diz, sem fôlego, colocando as mãos nos quadris e tentando enxergar alguma coisa na escuridão que as cerca. — Vamos ser presas fáceis se não continuarmos nos mexendo.

Katie balança a cabeça.

— Para onde diabos nós estamos indo? — Ela joga as mãos para o alto antes de trazê-las de volta para a lama. — Somos nós duas contra um psicopata armado. Nós vamos correr por aí como idiotas até ele atirar em nós de uma árvore ou algo assim. Devíamos ficar aqui e nos esconder até amanhecer.

— Esse é o seu plano? Você realmente acha que ele simplesmente vai embora quando o sol nascer? — Emily fecha os olhos com força e dobra o corpo para a frente.

— Ele disse que nós tínhamos que fugir dele. Nós temos que fazer isso sozinhas.

Emily não é do tipo que deixa alguém para trás, mesmo que a pessoa a irrite até não poder mais. Em sua mente, ela é uma heroína – e Jeremy sabe disso.

— Você confia mesmo na palavra desse cara? Acha que alguém que teve a paciência de manter você escondida por dias e que foi meu amigo por meses vai simplesmente desistir porque nós ficamos escondidas dele por algumas horas?

Katie dá de ombros, e Emily afasta uma aranha de seu ombro com um grunhido.

— Então você não quer encontrar o seu amigo que está por aí? Quer deixar o Matt morrer sozinho?

Jeremy está fascinado. Os instintos de sobrevivência de Emily são fortes demais, e mesmo assim ela está disposta a ignorá-los para ajudar essa desconhecida delirante.

— Provavelmente ele já está morto.

— Bem, nós não vamos morrer aqui... — Emily para de falar.

Um galho se parte. E as duas escutam barulho de passos. Katie olha para Emily com olhos arregalados e apavorados. Segurando o tronco de árvore atrás de si, Emily prende a respiração, tentando desesperadamente enxergar alguma coisa nos arredores.

Dessa vez não sou eu, amigas.

Jeremy sorri para si mesmo, esperando a chegada do próximo convidado.

— Katie! — uma voz masculina soa baixinho na escuridão.

Katie fica em pé e pega sua lanterna.

— Ah, meu Deus, Matt?! — ela sussurra de volta de um jeito que parece ser de pura descrença.

Uma lanterna se acende e um feixe de luz se projeta entre as árvores. Um homem desgrenhado, usando roupas sujas, está parado a pouco mais de cinco metros de distância. Um sorriso se espalha no rosto dele, e Katie solta uma gargalhada de alívio. Emily solta a respiração e sai de seu esconderijo. Eles começam a caminhar na direção uns dos outros, baixando a guarda. Jeremy balança a cabeça ao ver tamanha insipidez e ergue sua Glock, mirando na direção do local de encontro.

— Não acredito que nós te encontramos! — Katie corre e se joga sobre Matt, em um abraço que causa uma careta de dor nele.

— Sim, eu não tinha certeza se ia conseguir andar com esse joelho, mas acho que a adrenalina tomou conta.

Emily olha para o joelho direito de Matt, sujo de sangue coagulado e lama fresca. Os olhos traem seu terror, de repente agravado por um estalo alto que parece vir de lugar nenhum.

Uma bala da pistola de Jeremy atinge a têmpora de Matt, espalhando gotas de sangue no rosto de Katie. Ele cai no chão como um pássaro abatido em pleno voo, e Katie grita. Antes que ela possa processar a cena macabra, porém, Emily agarra seu braço e começa a correr.

— Boa sorte, senhoras e... bem, na verdade, *apenas* senhoras agora. — Jeremy sorri e guarda a pistola no coldre novamente.

CAPÍTULO 16

De repente, como uma hemorragia imprevisível, Wren sente o cheiro.

É sutil. Tão sutil que ela se pergunta se é apenas uma alucinação olfativa, um resultado de muitas horas no necrotério. Para um nariz destreinado, poderia parecer o cheiro de um prato de comida estragada ou de um experimento com carne que deu errado em uma das barracas de comida do festival. Mas Wren reconhece o fedor inconfundível de decomposição precoce em um clima sufocante.

O cheiro sempre começa como uma cebola podre. Mas, assim que você acha que se acostumou com ele, o odor muda. Fica como se fosse um prédio de apartamentos lotado no qual todos estão cozinhando algo diferente, com cheiros que se misturam para formar uma coisa horrível. Então se torna pesado e sufocante. As camadas de aromas rançosos explodem como aranhas recém-nascidas de um saco de ovos e atacam. Um ataque físico aos sentidos. O cheiro da morte é implacável depois de liberado.

Uma técnica de sua equipe está parada ao seu lado, nervosa, falando sem parar.

— Eu sei que tem polícia em todo canto, mas estou um pouco nervosa. Tenho que ser honesta com você. Agora que nós estamos aqui, essa coisa parece insana. Os cães farejadores de bombas foram trazidos, certo? — ela pergunta, falando mais alto do que devia.

— Você precisa parar de mencionar a polícia — Wren a adverte, mantendo a voz em um volume baixo. — Todo o objetivo disto aqui é evitar um pandemônio, não incitar um.

— Eu sei. Desculpe.

— Você precisa se controlar. As coisas podem ficar intensas, e eu não posso permitir que alguém da minha equipe desmorone.

— É claro. Não, eu estou pronta.

Por um instante, Wren sente que talvez tenha sido dura demais.

— É normal se sentir nervosa. Eu também estou. Mas o nosso trabalho é ignorar isso e cumprir a tarefa que nos foi designada. Agora, que cheiro você está sentindo? — pergunta Wren.

As narinas da jovem se dilatam, e ela arregala os olhos.

— É o que eu estou pensando?

— Bingo — responde Wren.

— Merda.

— Não entre em pânico. Nós temos que ser inteligentes nessa situação — Wren a instrui. Seus olhos se fixam nos de Leroux, do outro lado do espesso mar de pessoas. Ele tenta parecer casual, mas se destaca como uma ferida com seu terno bem passado. — Fique calma e me acompanhe.

Juntas, Wren e a jovem técnica cruzam a barreira de espectadores do festival.

— Que diabos você está comendo? — Uma mulher segurando um copo de plástico estica o pescoço para espiar o prato de papel de seu companheiro, e ele dá de ombros antes de afastar a comida de forma defensiva.

— Arroz com algum tipo de frango ensopado. Não sei. Por quê?

— Tem cheiro de lixo que ficou no sol quente — ela responde e enruga o nariz.

— Não, só tem cheiro de molho de frango — ele declara enfaticamente, e enfia o prato embaixo do nariz dela, que recua na defensiva.

Wren passa por eles antes de ouvir a resposta da mulher. O fedor de decomposição humana começa a permear o ar, e as pessoas estão percebendo. Ela arrasta sua colega, passando por um homem que toca trompete. Ele solta as notas animadas no ar como uma bruma fina. Várias pessoas ao redor dele começam a dançar. Elas puxam e rodopiam umas às outras, com aquele tipo de gargalhada genuína que só aparece em momentos verdadeiramente descontraídos. Mas Wren sabe que, sob o exterior brilhante daquela cena, há alguma coisa podre. Ela pestaneja e segue na direção de Leroux, parando ao lado dele e virando a cabeça de lado para abafar suas palavras.

— Estamos perto. Tenho certeza de que você já sentiu o cheiro.

Ela endireita a cabeça para encará-lo, e ele confirma com um gesto, analisando a multidão. Eles se movem juntos, tentando seguir o odor. A técnica segue logo atrás deles, enquanto finge olhar algo no celular. Os olhos de Leroux estão agitados enquanto ele busca a fonte. Ele costuma regular suas respostas emocionais rigidamente, e é horrível ver essa rachadura em sua armadura. Wren respira fundo e obriga sua mente a ter foco.

— Parece que os seus olhos vão saltar das órbitas. Calma — Wren sugere para Leroux, chocada por perceber que ele olha como se ela fosse a autoridade. Ela esconde o desespero da própria expressão e tenta novamente. — Procure moscas.

— Moscas em um festival de música nojento, no meio do verão na Louisiana. Entendi.

— Preciso te dar uma rápida atualização sobre a tenacidade e a disciplina da varejeira?

— Com certeza não. Eu entendi. Vamos procurar por uma tonelada de moscas.

Ela confirma com a cabeça e volta o olhar para a multidão. Observa o bando rapidamente, tentando perceber tudo o que consegue. Eles abrem caminho pelo meio de uma grande aglomeração, aproximando-se de um dos palcos menores. É pequeno só em comparação ao imenso palco principal. A madeira que o mantém em pé, formando a fundação, está empenada, arranhada e desbotada, devido a vários verões passados sob o sol. Agora, um animado conjunto de jazz toca e bate os pés no piso antigo do palco, ao ritmo de uma música vibrante. A música dança, provocando uma variação de intensidade até finalmente se transformar em uma onda caótica de som. A luz da tarde reflete nos instrumentos erguidos no ar, fazendo os trompetes e os saxofones brilharem como se fossem de ouro maciço.

Uma fina nuvem negra emerge do lado esquerdo do palco, em direção ao fundo. Se não estivesse tão perto da grade de metal que separa a multidão do palco, Wren não teria sido capaz de ver, muito menos de ouvir. A nuvem zumbe como um campo de flores silvestres sendo polinizado. Só que o palco não está no meio do campo, e a nuvem não é de abelhas. Aqueles insetos procuram algo com cheiro muito menos doce, preferindo o odor fétido de carne em decomposição.

Sem tirar os olhos do desfile circular de moscas que abrem caminho entre as ripas de madeira em ruínas, ela agarra um punhado de tecido lateral da camisa de Leroux e torce. Ele para imediatamente.

— O que foi? — ele pergunta, sem olhar para ela.

— Embaixo do palco, lado esquerdo, em direção ao fundo.

Ele vira o olhar para o ponto indicado e respira com força.

— Venha atrás de mim.

Ele segue em direção ao fim da grade. Um segurança está sentado em um banco alto de madeira. Ele tem uma perna dobrada na trava do banco e balança a cabeça ao som da música. Leroux se aproxima dele e se inclina para falar perto de seu ouvido.

— Departamento de Polícia de Nova Orleans. — Sua declaração é pouco mais que um sussurro.

Ele abre o paletó para mostrar seu distintivo de maneira discreta. Os olhos do segurança vão até lá, e ele assente. Leroux espia por trás do ombro.

— Nós temos que verificar a área do palco, mas não precisamos que a multidão inteira entre em pânico. Pode nos ajudar com isso, oficial...?

— Blum — o jovem segurança completa, limpando a garganta e se endireitando no banco. Ele passa a mão pelo queixo com a barba por fazer, antes de apoiá-la na coxa. — Sem problemas, detetive. Podem passar. Eu fico aqui e tento manter tudo calmo.

Leroux coloca a mão no ombro do rapaz.

— Obrigado, agradecemos muito. Venha, Muller.

Ele acena para que Wren e a técnica passem, e os três seguem pela lateral esquerda do palco. O odor é inconfundível. Quando se aproximam das moscas, o ar se torna denso e nebuloso. Wren se apoia em um joelho e espia entre as ripas, onde um pedaço da madeira apodreceu. Está escuro embaixo do palco. Os olhos dela se ajustam à cortina de escuridão, e um contorno familiar ganha forma. Caída e imóvel, deitada quase diretamente no meio da área embaixo do palco, está a fonte da reunião das varejeiras. Quando ela se move para mais perto, o cheiro fica insuportável.

— Tem como entrar embaixo do palco? — Wren se endireita, controlando a náusea.

— Tem uma porta logo ali.

Wren dá a volta até os fundos, onde Leroux já se encontra agachado. As mãos dele abrem uma trava. Ela remove uma pequena lanterna do bolso de trás da calça e a acende. O feixe de luz atravessa o espaço até chegar a um objeto imóvel. Iluminado diante dela está o corpo distorcido do que parece ser uma mulher de aproximadamente vinte anos. Está deitada de bruços, com os braços abertos, como se tivesse saltado em queda livre de um avião, momentos antes de o paraquedas se abrir. Wren vê rapidamente uma área mutilada que mistura carne e ossos, onde o joelho direito da mulher devia estar. Ela guia a luz das pernas até a cabeça, e prende a respiração rapidamente quando os olhos semicerrados da vítima se iluminam como os de um demônio. A mulher olha direto para Wren, encarando-a sem ver nada. Seu rosto está imundo, pintado com terra, sangue e lodo. Wren desliga a lanterna e precisa de um instante para se recompor, agachada diante da portinhola.

— É o que nós estávamos pensando, e é bem ruim — diz ela. E ouve Leroux murmurar "merda" bem baixinho. — Infelizmente eu preciso chegar mais perto.

Leroux usa as costas da mão para secar a testa.

— Você não está pensando em rastejar até ali, está?

— Não até o corpo, mas, se eu puder chegar um pouco mais perto, serei capaz de ver exatamente com o que nós estamos lidando. Ela parece estar com alguma coisa na mão direita.

Wren vai até o fim do palco, para e dá um chute de leve na madeira diante de si. As ripas se despedaçam, e ela encara Leroux.

— Achei um ponto fraco — ela relata.

Ele se inclina ao lado dela enquanto Wren arranca pedaços de madeira podre. Um pequeno buraco começa a se formar. Leroux espia na escuridão, usando o celular para iluminar o mais longe que pode.

— Tem certeza, Muller?

Wren confirma com a cabeça e prende o cabelo em um coque improvisado. Enfia a mão no bolso de trás, pega um par de luvas nitrílicas pretas e as calça.

— Positivo. Agora, me dê cobertura.

Ela acende a lanterna e a coloca entre os lábios enquanto entra de cabeça na escuridão. O espetáculo continua a rolar lá em cima enquanto ela avança devagar em direção ao corpo logo em frente. O espaço é apertado e quente. Só tem espaço para ela se agachar de maneira desconfortável, com a cabeça dobrada em um ângulo estranho, ou rastejar. Ela avança nos quatro apoios e sente a dor das pedras e do chão irregular arranhando seus joelhos. Ao se aproximar, a total selvageria da morte dessa jovem é revelada. Ela tem vários cortes, hematomas e ferimentos cobrindo seu corpo, incluindo uma laceração maior no pescoço. Seu cabelo escuro e cacheado está grudado no rosto e pescoço com sangue velho e novo.

— Jesus.

A palavra quase escapa da boca de Wren, abafada pela lanterna entre seus dentes. Leroux espera impaciente na entrada. Ele aperta os olhos para tentar enxergar a carnificina.

— Imagino que esteja terrível aí — ele diz, com um suspiro.

Wren balança a cabeça, virando-se levemente para espiá-lo por sobre o ombro.

— Esse é um trabalho hediondo, Leroux. O pior de todos.

— Merda. Eu sinto que nós estamos muito perto de pegar esse desgraçado.

Wren olha novamente para o cadáver à sua frente, e então concentra o olhar na mão direita da mulher, aberta para o lado, como se estivesse tentando agarrar algo além de seu alcance. A mão está encurvada ao redor de alguma coisa, e Wren começa a abrir cada dedo com cuidado, forçando a rigidez a ceder sob suas mãos enluvadas. Seus esforços desvendam as inconfundíveis linhas e símbolos de um mapa. Wren espia lugares marcados e uma legenda que indica os residentes famosos das tumbas importantes. É um mapa do Cemitério nº 1 de St. Louis.

— Alguém me consegue um saco de evidências? — Wren pede enquanto desdobra o mapa completamente.

É o tipo de mapa que entregam para turistas que aparecem para a visita guiada no Cemitério nº 1 de St. Louis, ansiosos para admirar e dissecar os pontos turísticos à sua frente. Este aqui é detalhado a ponto de incluir até as árvores que separam os caminhos e os becos que margeiam a Cidade dos Mortos. Wren traça os percursos com os olhos, procurando algo que esteja fora de lugar, um sinal para explicar por que esse mapa estava na mão dessa mulher. No conjunto de tumbas perto do meio do mapa, ela vê um pequeno X em vermelho, e arfa sem querer com a descoberta.

— O que foi? — pergunta Leroux.

— Tem um mapa do Cemitério nº 1 de St. Louis aqui, com um lugar marcado em vermelho. Acho que essa vítima não é o único presente que ele deixou para a gente encontrar hoje.

— Merda. Tudo bem, saia daí. Vamos tirar o cadáver e ir para o cemitério. Temos que conter isso. Agora.

Wren concorda com um gesto de cabeça e guarda o mapa no saco de evidências, vedando-o antes de dar uma última olhada no corpo maltratado diante de si. Ao dar seu último e solene vislumbre, ela percebe algo que não tinha visto antes. No pulso direito da vítima está um smartwatch branco, que se destaca pela condição impecável. É novo em folha e não tem o mesmo desgaste dos demais pertences da vítima. Não há como o relógio ter estado naquele pulso antes da hora da morte.

— Muller. Vamos! — Leroux a chama, impaciente. A expressão dele trai os pensamentos que percorrem sua mente.

Wren pode ver que ele já está calculando quais serão os próximos passos. Um verdadeiro veterano neste mundo.

Wren vê a nuvem de dúvida e frustração pairar sobre Leroux, mas não deixa que isso a impeça de cuidar da cena de crime que tem diante de si com diligência.

— Sim, John, eu já ouvi. Só um segundo.

Ela estende a mão enluvada e examina o relógio, dando uma batidinha com o dedo para ligar a tela. Uma luz azulada invade o espaço apertado e escuro. Pede um código numérico.

— Me entregue o mapa, Muller — Leroux pede. — Vamos lá!

Ela o ignora e olha desesperadamente ao redor do espaço que parecia tão sufocante um instante atrás, mas que agora parece vazio e fundo. Usa a lanterna para lançar um feixe de luz na área ao redor do corpo, esperando encontrar mais informações, mas só vê terra, pó e insetos. Ela solta um suspiro de frustração e abaixa os olhos.

— Eu pensei que tinha visto alguma coisa — ela retruca.

Ela segura o saco de evidências com o mapa guardado lá dentro e vira o corpo em direção à saída. Os olhos de Wren encontram os de Leroux, e ela estica o braço para lhe entregar o saco. E vê o minúsculo X vermelho por mais um instante.

— Leia para mim o número do lote onde está marcado o X.

Leroux ergue uma sobrancelha, claramente exasperado.

— Como é? — ele reclama, mas olha para o mapa, alisando o saco de evidências para ver melhor os números. — A impressão é inacreditavelmente minúscula. Um, cinco, zero... três. Para que isso?

— Um, cinco, zero, três... um, cinco, zero, três... um, cinco, zero, três — Wren repete para si mesma enquanto recua suavemente com o corpo, na direção da mulher morta. Com uma mão enluvada, ela clica na tela do *smartwatch*, para ligá-la. Passa o dedo, e o aparelho pede o código de quatro dígitos. Wren digita os números, hesitando antes de colocar o dígito final. Segura a respiração ao dar uma batidinha de leve com o dedo. O relógio se abre para revelar um aplicativo na tela: o alarme.

— Wren! — A voz de Leroux se ergue, em um claro tom de frustração. Wren tenta acalmar os batimentos que explodem em seu peito. — Vamos embora ou...? Me avise antes de fazer qualquer coisa!

— Encontrei uma coisa aqui, John — ela responde, por fim, olhando para trás. — Ela está usando um relógio novinho em folha no pulso, que não combina com o resto do seu estado. Foi claramente colocado depois da morte. Aquele número de lote? Um, cinco, zero, três? Bem, esse é o código do relógio, e agora eu estou olhando para o único aplicativo aberto. O alarme.

Wren faz uma pausa e vê a expressão de Leroux mudar. Ele esfrega os olhos, entregando o saco para outro policial.

— Quanto tempo?

Wren olha para o aplicativo de alarme. O único que está na tela, configurado para duas da tarde.

— Quarenta e cinco minutos a partir de agora.

— Nós temos que nos mexer. Landry, Cormier e Fox, vocês vão com o Will. Vão na frente e vasculhem o cemitério. Eu vou logo atrás com a Muller.

Corado, ele se vira para Wren.

— Saia daí. Vamos logo.

Wren rasteja em direção à saída. Ela vê a técnica parada logo ali do lado e a chama:

— Ligue para o escritório de serviço médico-legal e peça para mandarem uns dois auxiliares pra cá — ela instrui, e observa a jovem apertar imediatamente um botão em seu telefone.

Wren tira as luvas de qualquer jeito e limpa os joelhos enquanto se apressa para seguir Leroux pela multidão que se forma agora ao longo da área demarcada. Os rostos das pessoas estão contorcidos de medo, de curiosidade mórbida e de confusão. Elas sussurram umas para as outras e esticam as cabeças para tentar ter algum vislumbre do que está acontecendo. A música animada ainda toca no palco mais distante, mas a banda que estava em cima dela interrompeu a apresentação mais cedo. Wren nem tinha percebido até agora.

CAPÍTULO 17

Ver a bala de sua Glock atingir o alvo pretendido traz uma satisfação que Jeremy não consegue descrever.

Ele poderia ter atirado facilmente em Katie e Emily, mas ainda não terminou de brincar com elas. É uma refeição saborosa demais para não ser apreciada pouco a pouco.

Ele observa Katie e Emily correndo sem rumo pelo terreno verdejante. Jeremy as mantém sob a vista e permite que elas sintam ter conseguido uma distância segura entre si mesmas e ele. Katie limpa freneticamente a matéria cinzenta de Matt de seu rosto e cambaleia, caindo para trás. Ela é tola, e Matt era praticamente um neandertal, mas pelo menos Emily é uma lutadora. Ela garante o desafio. Jeremy percebe que uma das lanternas falha, fica fraca e depois se apaga, enquanto elas correm pela vegetação espessa.

Lá se foi uma luz.

Ele sorri e aumenta um pouco a velocidade enquanto "(Don't Fear) The Reaper", de Blue Öyster Cult, começa a tocar, e se move no ritmo da música. Esta noite ele é o Ceifador.

Katie soluça alto do outro lado da linha das árvores, e sua voz alcança um tom agudo que não difere muito do de um coelho que de repente dá de cara com um predador sedento de sangue. Jeremy olha para o relógio e permite que um sorriso se forme lentamente em seu rosto. Já faz algumas horas que ele deixou seus convidados aqui, e, enquanto observa, Katie dá um passo desajeitado, com a perna direita mais erguida do que em um passo normal exige. As drogas estão fazendo efeito. Ele começa a se sentir inebriado ao perceber que seu experimento está funcionando.

Depois de ler sobre os envenenamentos com cerveja de gengibre jamaicana durante a Lei Seca, ele ficou inspirado. No Sul Profundo, durante a década de 1930, algumas mentes brilhantes inventaram um tipo de cerveja de gengibre jamaicana, ou "jake", como era conhecida, que era capaz de passar pela rígida fiscalização do Departamento de Justiça dos Estados Unidos. Com a ajuda de um incauto professor do MIT, eles criaram uma fórmula que usava fosfato de tricresilo, porque assim a bebida conseguia passar pelos testes sem ter o gosto comprometido. Essa receita revolucionária de bebida contrabandeada acabou resultando em uma infinidade de clientes caminhando com as pernas rígidas, e incapazes de estender os dedos dos pés. A epidemia paralisante se tornou conhecida, de forma duvidosa, como "perna de jake", e permitiu que os pesquisadores determinassem, tarde demais, que o fosfato de tricresilo é, na verdade, uma neurotoxina perigosa que causa a morte das células nervosas e danos às bainhas de mielina que auxiliam nos movimentos de músculos vitais. Quando ingerida em quantidades substanciais, o produto químico causa desconforto gastrointestinal e paralisia parcial dos membros. E, depois de injeções diárias do produto químico aplicadas em seu soro intravenoso, Katie parece apresentar um excitante caso de "pernas de jake" bem a tempo.

Katie começa a gritar para Emily que sua perna está dormente, e Jeremy consegue ver Emily tentando convencê-la desesperadamente a seguir em frente. Ele sorri quando Katie murcha como uma bola, caindo de joelhos no terreno pantanoso. Ele começa a diminuir a distância até elas. Pode ver Emily pesando suas opções, enquanto analisa, temerosa, a linha de árvores diante delas com a luz remanescente. Katie está soluçando e engasgando, e Emily tenta fazê-la ficar em pé com um braço ao redor de sua cintura.

Emily está prestes a abandoná-la. Jeremy consegue sentir. A autopreservação vencerá. Ele aciona a espingarda mais uma vez e coloca a mira diante do olho. Emily e Katie escutam o barulho, e Emily tenta mais uma vez puxar Katie consigo. Jeremy aperta o gatilho e atinge o alvo com facilidade. Katie solta um grito agonizante quando a bala acerta sua rótula direita, deixando uma massa mutilada de carne e músculos esfolados em todas as direções de sua perna. Ela cai com o peso do corpo e atinge o solo com um baque.

A escolha de Emily é clara. Ela foge.

Jeremy pendura a espingarda nas costas e tira a faca de caça da bainha enquanto caminha rapidamente na direção dos soluços patéticos de Katie. Como uma aparição, ele surge diante dela, e os olhos da jovem estão enlouquecidos de medo. Ele sorri e se agacha ao seu lado, colocando uma mecha de cabelo emaranhado atrás da orelha dela.

— *Shhhh* — ele sussurra com um sorriso.

Ele agarra um punhado do cabelo dela, inclina sua cabeça para trás e arrasta a lâmina lentamente por sua garganta. Ele a segura ali por um instante, permitindo que ela cuspa e lute até que seu corpo amoleça. Jeremy fecha os olhos e escuta a música, tanto a sinfonia orgânica do pântano quanto a música enlatada pelos alto-falantes. Ele deixa a cabeça de Katie cair na lama e estala seu próprio pescoço.

Agora, para onde Emily correu?

CAPÍTULO 18

— AQUI É A DRA. WREN MULLER, NO ESCRITÓRIO DO LEGISTA. Precisamos de uma ambulância na rua Basin Street, 425.

Wren remexe em sua bolsa, equilibrando o celular no ombro. Os minutos passam rapidamente enquanto Leroux abre caminho com o carro pelo trânsito, rumo ao seu destino, na direção de uma vítima que ainda pode ser salva.

— Sim, o Cemitério nº 1 de St. Louis. Possível emergência médica. Se puderem nos encontrar na entrada, vamos chegar lá daqui a mais ou menos — ela se interrompe para olhar o relógio no painel — oito minutos. Ok. Obrigada.

Ela deixa o celular no assento ao seu lado e coloca outro par de luvas. Seu rosto é uma mistura de partes iguais de calma e determinação. Mechas de seu cabelo se soltaram do coque no alto da cabeça. Caem ao redor de seu rosto e pousam delicadamente em suas bochechas, agora sujas de terra da cena do crime.

A paisagem de Nova Orleans passa apressada enquanto Leroux buzina agressivamente para o carro diante dele. Qualquer um que não encostar ao som da sirene deles se torna vítima de uma série implacável de palavrões. Os nós dos dedos dele estão brancos com a força que ele aplica ao segurar o volante. Ele não é o típico detetive cansado de um daqueles suspenses que são sucessos de bilheteria.

— Você acha que é uma armadilha, Muller? — ele pergunta, com seu tom calculado e deliberado.

Wren apoia o cotovelo na janela do lado do passageiro, descansando a têmpora na mão.

Ela suspira.

— Tenho que acreditar que não. E, de um jeito ou de outro, nós dois temos que tratar como se não fosse. Só lembre que nós estamos preparados adequadamente se a situação se provar o contrário.

Leroux confirma com a cabeça de modo quase imperceptível.

Wren endireita o corpo.

— Além disso, Will e o grupo de jovenzinhos dele vão estar lá para nos dar apoio.

Um sorrisinho brinca no canto dos lábios dela, e Leroux solta uma risadinha.

— Jovenzinhos — ele diz, balançando a cabeça. — Vamos lá, eles são novatos, mas já estão no mundo há mais tempo do que isso, Muller.

— Eu sei. Estou brincando. Se eu não confiasse nas habilidades deles, não ia deixar a minha segurança nas suas mãos capazes.

Leroux fica sério.

— Só me preocupa que este cara esteja por perto, observando, enquanto todos nós corremos pelo cemitério seguindo aquela trilha de migalhas envenenadas.

Leroux vira à direita na Basin Street. A esquina está lotada de turistas e moradores das redondezas. Um grupo de três mulheres sai de um imenso estúdio de ioga e segue para um café com mesinhas na calçada. As pessoas desfrutam de seu almoço ao ar livre nesta tarde agradável da Louisiana, mordiscando sanduíches no croissant amanteigado à vista de alguém que pode estar lutando desesperadamente para permanecer vivo. Leroux alcança a entrada do cemitério, pontilhada de palmeiras que zombam do imponente muro branco que cerca o lugar. Elas se curvam levemente com a brisa e balançam suas folhas frondosas, acolhendo os visitantes desse ponto turístico estranho, completamente cegos aos horrores que aguardam lá dentro.

Wren assente com a cabeça.

— Eu sei. O mesmo cenário passou pela minha cabeça também. Mas a nossa única opção é tentar. Estou torcendo para que a ambulância veja mais ação do que eu nesta tarde.

CAPÍTULO 19

Os pés de Emily quase pairam sobre o chão enquanto ela corre pelo terreno desconhecido, só com um feixe de luz instável para guiá-la. Ela fez exatamente o que Jeremy esperava. Abandonou Katie e cedeu ao seu instinto primitivo de sobrevivência.

Ele consegue sentir o pânico súbito e avassalador de Emily. Ela continua avançando, mas o solo pantanoso a engole a cada passo, fazendo um som doentio e obrigando-a a gastar mais energia do que consegue suportar. O local trabalha em conjunto com Jeremy, dando uma mão para ajudá-lo a realizar sua visão final. O pântano pertence a ele. E, mais importante ainda, se virou contra ela.

Ela para, apoiando-se no tronco de uma árvore. Torrões de terra e insetos frenéticos caem como uma cascata por seus ombros quando ela se recosta no musgo do tronco imenso. Ele se pergunta se ela pensa que está em silêncio. Ele ouve sua respiração, rápida e superficial. Sente o gosto do medo no ar e não consegue mais se conter.

— Emily! — A voz dele ecoa pelo caos. — Aqui é o Cal, Emily!

Ela se encolhe e tenta impedir que um soluço escape de sua garganta. Ele ouve quando aquilo se torna um gemido abafado.

— Parece que você é a garota que sobrou — ele grita com uma risada. — Já localizou o limite do terreno?

Ela consegue ouvi-lo se aproximar. Ele faz barulho intencionalmente enquanto ela se enfia entre os arbustos. Isso é o crescendo dele.

— Por acaso você sabe que direção está tomando? — ele ri. — Bem, não quero desencorajar você. Corra, coelhinho, corra!

Em um espetáculo de teatro não planejado, ele dá um tiro de espingarda para o ar, e Emily sai correndo instintivamente. Ela corre por um riacho, espalhando água de forma barulhenta e permitindo que a lama grossa engula seus sapatos inteiros. Ela os deixa para trás, saindo da água e atravessando uma parede de matagal. Os espinhos afiados espetam e rasgam suas pernas, braços e rosto, mas ela segue em frente. Ele também corre, aproximando-se dela. Ela serpenteia para evitar um destino como o de Matt ou o de Katie.

De repente, ali está. Como um oásis no deserto, ela vê o limite da propriedade. Uma cerca de metal que atravessa as árvores e claramente separa o reino de Jeremy da liberdade. Tem só um metro e oitenta de altura, e ela precisa de impulso para alcançá-lo. Ela para brevemente e então sai em disparada, se atirando na cerca, prendendo os dedos do pé direito e os dedos da mão direita nos elos.

De repente, uma dor lancinante. Um choque elétrico toma conta de todas as suas células, enquanto seu corpo se enrijece e convulsiona, antes de cair de volta no pesadelo atrás dela.

— Estou um pouco ofendido que você não tenha achado que eu iria eletrificar a cerca da minha propriedade — Jeremy comenta enquanto passa por cima de uma árvore caída e para ao lado dela.

Ela cospe sangue e oscila violentamente entre o desmaio e o foco aguçado. Se vira de lado e começa a rastejar. Agarra a lama e o musgo desesperadamente, puxando o corpo o melhor que pode. Ela não tem um plano. Seu único pensamento é colocar o máximo de distância possível entre si e o monstro que está atrás dela. Jeremy simplesmente a segue, tirando a faca de caça da bainha e se ajoelhando para passar um braço ao redor da garganta dela, obrigando-a a ficar de joelhos.

Antes de dizer outra palavra, ele usa o indicador e o polegar para abrir bem o olho direito dela, enquanto ela luta para se soltar. Ele permite que algumas gotas de tropicamida caiam em seu globo ocular, e, antes que ela possa perceber a visão embaçada, faz a mesma coisa no olho esquerdo, enquanto a mantém presa com um mata-leão.

— Pare! O que é isso? — ela grita, puxando a cabeça para trás.

— Colírio de tropicamida — ele responde categoricamente, assegurando-se de colocar uma gota a mais em cada olho. — Já fez exame de vista, Emily? Ficou com a vista borrada por várias horas e te disseram para, por favor, não operar máquinas pesadas?

Ele sorri, sabendo que ela ainda consegue distinguir as expressões dele, mesmo que seja sem nitidez. Ela pisca rapidamente para tentar clarear a visão, mas não adianta nada.

— Você já ouviu o ditado "melhor um covarde vivo que um herói morto"? — Ele olha bem nos olhos dela quando ela o encara.

— Me deixe ir, por favor. Não vou contar para ninguém se você me deixar ir — Emily implora.

O instinto de sobrevivência que tomou conta dela já passou para o estágio da barganha. Jeremy inclina a testa na direção da dela, de modo que elas se tocam.

— Não interrompa. — Ele dá uma piscadela e afasta a cabeça. — Sabia que, se machucar a espinha dorsal de alguém acima da vértebra cervical C5, é quase certeza que você vai matar essa pessoa? Por que isso?

Ele afasta um inseto do ombro de Emily, quase sem perceber, e espera uma resposta.

— Pare. Por favor, pare!

O rosto dele se contorce em uma máscara de desgosto.

— Nada? Uma aluna do segundo ano de medicina e não consegue responder à minha pergunta de anatomia básica?

Emily fecha os olhos.

— Por favor — ela sussurra.

Ele ignora a súplica e continua:

— As vértebras C1 e C4 flanqueiam os nervos responsáveis por fazer o diafragma saber como respirar. — Ele aponta com a faca de caça para o diafragma dela enquanto diz: — Se você machucar essa parte específica da espinha dorsal, a pessoa vai se asfixiar e morrer. Quando a C4 é danificada, não dá mais para respirar.

— Por que você está me dizendo isso? — Ela está entrando em pânico agora.

— Não vou fazer isso com você, Emily. Relaxe — ele prossegue. — O que você acha? Que eu sou um monstro?

Ele se aproxima do rosto dela novamente e então olha para a faca, virando-a na mão. Ela também observa, enquanto a pequena quantidade de luz que vem da lua reflete na lâmina. Mais uma vez, o pântano fez a vontade dele. Deu a ele o holofote necessário para seu espetáculo. Uma dor aguda atravessa a parte de baixo das costas dela. Uma sensação quente é tudo o que ela pode perceber, e então se dá conta tarde demais que ele enfiou a faca de caça em suas costas.

— Se machucar a espinha dorsal em qualquer lugar abaixo da C5, você provavelmente fica viva. Mas com certeza vai sofrer paralisia na parte do corpo abaixo dessa vértebra — ele prossegue e dá um tapinha na perna de Emily. — Eu escolhi a região lombar.

Ela agarra a camisa de Jeremy com a mão, torcendo o tecido negro com o punho e olhando ao redor, enlouquecida.

— É uma brincadeira divertida, não? — Ele sorri novamente e puxa a faca em um movimento rápido.

CAPÍTULO 20

O CEMITÉRIO Nº 1 DE ST. LOUIS ESTÁ LOCALIZADO À ESQUERDA. Segredos sombrios do passado contidos dentro de suas paredes brancas são revigorados com esse terror presente. Wren imagina filas de mortos observando o monstro em ação. Ele tornou cada um deles uma testemunha involuntária de seus crimes dentro desta cidade sagrada.

O som de uma ambulância ecoa pelo barulho da rua ao se aproximar. Leroux estaciona atrás do carro de Will. Sem falar nada, ele e Wren descem no ar espesso. Os policiais que estão na cena aparecem na esquina, sérios e já brilhando de suor.

— A área parece liberada. Os portões estão protegidos. Landry e Knox estão lá dentro, abrindo caminho até o lote 1503.

Will parece mais sério do que nunca, e Wren sabe o motivo.

— Você não ouviu nada? — ela pergunta.

Ele nega com a cabeça e aperta os olhos na direção da luz do sol.

— Nada.

A ambulância também estaciona, silenciando as sirenes. Dois paramédicos descem e pegam os kits de primeiros socorros de um pequeno compartimento na lateral do veículo.

— Escoltem esses caras atrás de nós, sim? — Leroux gesticula para o homem e a mulher que acabaram de sair da ambulância. Will confirma com a cabeça e se afasta para falar com eles antes de seguir atrás de Leroux e Wren.

O cemitério mais antigo de Nova Orleans se estende pelo que parece ser uma eternidade diante deles. As passagens sinuosas podem pregar peças nas pessoas que visitam o local. É estranhamente silencioso. O lugar funciona como um vácuo. Até mesmo com a cidade agitada do lado de fora de seus muros, Wren tem que se esforçar para ouvir algum som, ao menos um sinal de vida. Apena a estática se faz ouvir. Os mortos mantêm seus segredos.

Virando à direita, eles seguem pelos lotes de sepulturas subterrâneas. Tudo está parado. Até mesmo um grande corvo que parou em uma tumba ali perto está estranhamente em silêncio. A ave olha para eles e balança o corpo levemente na pedra que se esfacela sob as garras de suas patas. Wren se pergunta se ela veio assistir a essa revelação.

— Pás! Nós precisamos de pás! — Wren grita quando localiza um túmulo recém-escavado em uma parte do cemitério que, fora isso, está abandonada.

Impulsivamente, Leroux corre na direção da terra remexida, localizando outra coisa. Policiais se apressam a proteger a área do entorno. Com armas em punho, eles rondam e procuram por qualquer armadilha que os espere. Ignorando a descoberta de Leroux, Wren corre até o galpão do zelador ali perto. Está trancado, como era de esperar, mas uma pá está apoiada na pequena estrutura. Ela a pega e volta correndo para o lugar onde Leroux praticamente enfia o objeto que viu no rosto de Wren. A coisa faz um tique-taque alto.

— É um timer em formato de ovo — ele diz, sem fôlego. — Combina com o alarme na outra cena de crime. Temos quase vinte minutos, exatamente. — Ele está corado e suando.

— Se tem alguém aqui, isso não é nada bom. Sem chance de estar consciente aí embaixo. — Ela se preocupa, apertando os olhos na direção do monte de terra recém-revirada diante deles. — Nós temos que cavar. Agora.

Leroux tira rapidamente seu paletó, deixando-o cair no chão, e puxa as mangas da camisa.

— Você vai com a pá — ele comanda e se ajoelha para começar a escavar a terra solta, usando as mãos e braços como uma pá improvisada.

Wren cava furiosamente. Joga terra para o lado com abandono, enquanto mais policiais se juntam aos seus esforços. Todos trabalham em silêncio. Ninguém fala. O único som é o da pá atingindo a terra e o da respiração ofegante coletiva. As esperanças de Wren foram destruídas, mas ela tenta esconder isso de seus companheiros. Ela esperava poderem encontrar alguém a céu aberto, ou mesmo dentro de uma tumba acima da terra. Alguém enterrado vivo tinha bem pouco tempo de sobrevivência, e quarenta e cinco minutos é muito tempo, não importa quão saudável seja a vítima. Eles não têm ideia do tipo de recipiente no qual a pessoa foi enterrada, ou do tempo em que ela está ali. Não sabem sequer se tem alguém ali ou não. Apesar de tudo isso, Wren cava de maneira vertiginosa. Sua esperança está destruída, sim, mas não além do reparo.

***

Leroux tira a pá das mãos de Wren ansiosamente, enfiando-a na terra com o máximo de força e rapidez que pode. A passagem dos segundos é marcada pelo velho timer em formato de ovo, e ele pode ver no rosto de Wren que todo instante conta. É como se estivessem cavando há dias. Já escavaram quase um metro no chão. Leroux passa as costas do braço na testa, misturando terra com suor.

— Pessoal, e se estiver a sete palmos do chão? — um policial pergunta, hesitante.

Wren balança a cabeça e solta o ar.

— Então nós cavamos sete palmos.

Leroux continua como se fosse uma máquina. Não responde às preocupações dos colegas, mas sente o mesmo. Sete palmos de terra é uma quantidade imensa para cavar sem planejamento prévio, ferramentas adequadas ou hidratação decente e descanso. Ele nem notou até agora que os dois paramédicos na cena tiraram as camisas dos uniformes, para ajudar a escavar. Encontra o olhar de uma médica e faz um gesto de cabeça, de apreço silencioso. Ela assente de volta e continua a tirar terra do lugar do sepultamento.

Eles trabalham juntos como uma máquina bem lubrificada. A terra para todas as direções. Todas as partes dessa equipe estão concentradas em um único ponto. Leroux olha de relance para o timer em formato de ovo, e a ponta da pá atinge algo sólido. Ele a empurra mais uma vez, para ter certeza. Metal na madeira. Olha mais uma vez para o timer. Quatro minutos restantes.

— Encostamos em alguma coisa! — ele grita, movendo-se um pouco de lado para tirar mais terra do caixão de madeira, que é desenterrado lentamente.

Wren passa a ponta de sua pá pelo alto do caixão para afastar a terra, e outros se aproximam para terminar de limpar a área. A sepultura foi escavada de qualquer jeito. Ele queria que eles a encontrassem e a abrissem, mas também queria que lutassem um pouco antes. A ansiedade permeia o ar enquanto uma alça na extremidade do caixão é exposta.

— Vamos tentar puxar uma das pontas — sugere Will, gesticulando na direção da alça exposta. — Podemos tentar inclinar para abrir a tampa sem derrubar mais terra lá dentro.

Wren concorda com a cabeça.

— Vocês três puxam, e nós guiamos deste lado. Quando eu falar pare, vocês param. Não quero que fique muito inclinado na vertical.

Eles concordam e seguram a alça com força. Colocam as mãos livres nas laterais do caixão para se equilibrarem. Os policiais puxam com força, enquanto Wren e os paramédicos empurram do outro lado. Com um grande estalo, o caixão se liberta da terra que ainda o cerca.

— Parem! — grita Wren, erguendo a mão.

Eles param e soltam seu lado do caixão com cuidado, apoiando-o na pilha de terra recém-retirada. Wren começa a abrir a tampa, e Leroux se apressa em ajudar. Ela se solta depois de um puxão rápido dos dois, e eles a entregam para as mãos que aguardavam mais acima.

O tempo para. O lento tique-taque do timer é a única coisa que atravessa o silêncio.

— Ah, Deus! — exclama um paramédico, colocando a mão sobre a boca, horrorizado.

A mulher dentro do caixão parece ter quase trinta anos. Tem cabelo ruivo, sujo de lama, espalhado em volta da cabeça. Seus olhos estão fechados. O rosto tem uma expressão pacífica, ainda que coberto de musgo. Vômito seco se prende ao seu rosto e ao forro do caixão. Seus pés estão descalços. Sua camiseta branca mostra amplos sinais de uso. Uma mancha profunda desce pelo seu lado esquerdo, em direção às costas. Os policiais sabem, sem a ajuda de Wren, que se trata de sangue. Muito sangue. A mulher no caixão está imóvel, e ela está em silêncio.

O timer em formato de ovo toca.

CAPÍTULO 21

JEREMY ABRE OS OLHOS, SENTINDO-SE DESCANSADO, AINDA que tenha tido apenas duas horas de sono. Ele se senta na cama, espiando por trás das persianas de seu quarto e deixando que a luz quente venha cumprimentá-lo. Seus olhos varrem a vasta extensão de árvores e verde que se estende diante dele como um oceano. É sua própria versão de Aokigahara, o chamado Bosque de Suicídios, no Japão, onde as almas perdidas vão para morrer.

Ele deixou Emily naquela floresta a noite passada, paralisada da cintura para baixo, sem lugar algum para onde ir. Depois que tirou a faca de suas costas, os olhos dela enlouqueceram, prendendo-se no olhar dele quase como se pulsassem com o choque. Ele ficou agachado ali por um instante perto dela, apenas observando-a arfar de dor. Em seu delírio, ela até mesmo se agarrava a ele como se ele fosse uma tábua de salvação.

Quando ele por fim a deixou sob o cobertor frio da escuridão, ela o chamou. Ela pediu que "Cal" voltasse. Implorou que ele não a deixasse ali sozinha. Seus gritos foram a canção de ninar dele para um sono profundo, ainda que breve.

Agora, ele veste uma camisa limpa. É branca e está bem passada. Vai ao banheiro para escovar os dentes e arruma cuidadosamente o cabelo loiro. Ao sair, ouve o som que as tábuas fazem sob seus pés. Suas botas pretas batem pesadamente contra elas. Ele se pergunta se Emily consegue ouvi-lo se aproximar. Será que por fim o sono encontrou seu corpo exausto e aterrorizado?

— Emily! — ele a chama de longe.

Jeremy aguarda por um segundo. Nada além de pernilongos e pássaros responde ao seu chamado.

— Você não morreu, certo? — ele grita novamente, só meio que brincando. A única coisa que responde é seu amado pântano.

Ele aumenta o ritmo, entrando nas árvores densas e saindo da trilha de madeira em direção à cerca localizada no limite da propriedade, que foi onde deixou o corpo dela. Ele está ansioso e excitado.

— Emily, espero que você possa me perdoar — ele brinca, abafando uma risadinha.

Jeremy entra no espaço aberto perto da cerca e a vê. Ela está deitada, quase completamente na horizontal, com as costas apoiadas na cerca. A superfície de arame se dobra com o peso dela, permitindo a formação de uma abertura. Ela está imóvel. Por um instante, ele se pergunta se ela está morta.

Não. Não, não pode ser.

Ele caminha mais rápido, seguindo na direção dela com olhos inquisidores. Ela não pode estar morta ainda. O plano todo dele seria arruinado. Ela supostamente seria a mensagem dele. Ela supostamente seria seu aviso.

Ao se aproximar da forma imóvel, ele aperta os olhos. Agachando-se, ele vê claramente que não é Emily que está diante dele. É Katie.

Seu coração acelera no peito quando ele junta as peças em sua mente.

Ele errou.

De algum modo, ele deve ter errado a espinha dorsal. Ela ainda era claramente capaz de se mexer quando ele a deixou, na noite passada. Sua mente corre enquanto ele enfia o braço pelo buraco. Emily o superou. Ela arrastou Katie pela propriedade e usou o corpo dela para absorver os pulsos elétricos da cerca. Ele toca no sangue que mancha o arame logo acima de Katie. Emily deixou Katie funcionar como conduíte, e rastejou por baixo do cadáver para fora do perímetro. Os pulsos elétricos mal devem tê-la afetado através do corpo de Katie, se é que afetaram.

Ele se levanta, olhando para a extensão de mato alto e árvores do lado de fora do limite de sua arena artificial. Emily se foi. Ao fechar os olhos para o sol da manhã, ele pelo menos se sente grato por estar superpreparado. Ela não vai conseguir chegar longe com seus ferimentos e, mesmo se conseguir, não vai conseguir ver nada além de seu nariz borrado, graças à tropicamida. Ele vai conseguir capturá-la em breve. Mas esse pensamento não lhe traz alívio. Tudo mudou.

CAPÍTULO 22

WREN SE PERMITE TER APENAS UM MOMENTO DE DESCANSO. Então começa a trabalhar, estendendo a mão enluvada, em busca de pulsação. Ela fecha os olhos e se concentra em apalpar a carótida da mulher. Pressiona de leve e tenta desesperadamente sentir qualquer tipo de vida. Então ela sente, o mais sutil movimento do ciclo cardíaco da vítima sob as pontas de seus dedos.

O mundo de Wren fica colorido de repente. Ela olha para os paramédicos com uma expressão agitada, gritando:

— Vocês aí em cima! Ela tem pulso!

Os dois médicos entram em ação. Viram a vítima levemente de lado e descobrem a fonte do sangue escuro manchando a camiseta atrás do quadril.

— Tem um ferimento na espinha dorsal — o médico relata, saindo de seu choque inicial e retomando o foco e o profissionalismo. — Ainda que pareça que tenha sido... hum... que alguém tenha cuidado dele.

Wren se inclina para a frente, sem acreditar.

— O quê?

Ela espia o curativo ensanguentado sobre o ferimento na parte superior das costas da mulher.

— Ele fez um curativo nos ferimentos dela? — Wren questiona, o cenho franzido em uma expressão de total confusão. — Ele nunca fez isso antes. Na verdade, não consigo pensar em um assassino que já tenha feito isso antes.

Leroux balança a cabeça, tentando desligar o pequeno timer de cozinha que toca em suas mãos. Um policial ao seu lado retira o objeto de suas mãos sem dizer nada, e o desliga. Mais ao longe, outro policial está dando ordens para os demais passarem um cordão de isolamento na cena e pedirem reforços no local.

— Vamos tirá-la daqui. Temos que estabilizá-la antes de qualquer outra coisa — instrui o médico.

Com alguma ajuda de Wren, eles deslizam a mulher para fora do caixão. Já começaram a conectar vários equipamentos de suporte à vida nela, anos de treinamento garantindo uma execução impecável. Wren leva um momento para olhar para o caixão e inspira fundo quando percebe um esqueleto humano completo amontoado de lado. A vítima foi enterrada junto com o habitante original do caixão. É difícil dizer agora se ela estava consciente quando isso aconteceu. Wren não perde tempo imaginando o pesadelo que é ser enterrada viva por tanto tempo. Leroux cutuca seu ombro, e ela é arrancada de seus pensamentos.

— Olhe para a tampa — ele diz, rígido, olhando diretamente em seus olhos ao fazer isso.

Os piores medos de Wren se confirmam quando ela vê arranhões cruzando caoticamente a madeira antiga. Parece algo saído de um filme de terror. Tipo *O silêncio dos inocentes*. A unha quebrada presa na pedra, no infame poço em que Buffalo Bill costumava prender suas vítimas, está para sempre gravada na memória de Wren, e agora ela é confrontada com uma realidade similar fora das telas. Algumas das marcas têm manchas de sangue, e uma rápida olhada nas mãos da vítima mostra que ela as usou para arranhar e bater até que começassem a sangrar. Em algum ponto de seu sepultamento, ela estava consciente o bastante para perceber onde estava. Ela passou Deus sabe quanto tempo tentando em vão arranhar a tampa de madeira que se fechou sobre ela, talvez sem nem mesmo saber do metro de terra que a aguardava do outro lado.

— Ela está viva, John — Wren diz finalmente, ainda que seja incapaz de afastar os olhos das marcas de arranhado. — Ela tem pulsação, e vai saber quem é esse cara. É isso o que importa.

Leroux afrouxa o nó da gravata. Sua mandíbula está travada, e a esperança desesperada em seus olhos momentos antes se foi, substituída por um estilhaçante lampejo de derrota.

— Você viu o que eu vi, Muller? Ela pode muito bem estar morta. Eu não ficaria surpreso se ela acabasse em uma das suas macas mais tarde — ele cospe as palavras e se vira para jogar um torrão de terra no chão, meio desanimado. — Ele está brincando com a gente, e nós caímos na dele.

Wren não discorda. Ela sentiu a pulsação em sua mão, e era, na melhor das hipóteses, fraca. Há pouca chance de o cérebro da vítima ser capaz de se lembrar de qualquer coisa com muita clareza, se ela acordar. Mas Wren não diz isso.

— Você está errado. Ele não brincou com a gente.

Leroux se vira rapidamente para encará-la.

— Como você pode tentar me enganar neste momento, Muller? Ele não brincou com a gente? Nós parecemos uns idiotas, correndo contra algum relógio que ele deixou para que a encontrássemos. Isso era exatamente o que ele queria.

A voz dele ganha um tom agressivo que Wren nunca escutou antes. Ela não tem medo dele, mas tem medo *por* ele. Ela respira devagar e fundo, e então responde:

— Não, John. Ele pretendia que ela estivesse morta. Ele queria nos encher com falsas esperanças, para então abrirmos a tampa com tempo de sobra só para encontrar uma garota morta lá dentro. Foi isso que ele planejou, e não aconteceu. — A expressão de Leroux se suaviza, e ela continua: — Nós abrimos aquela tampa, e encontramos um ser humano vivo lá dentro. Alguém que o viu, que o escutou, e, diabos, que provavelmente sentiu o cheiro dele. E, mesmo se ela não puder apontar a direção certa para nós quando acordar, nós ainda a teremos salvado. Uma pessoa. Ele falhou. Não importa o que aconteça a seguir, ele já falhou.

Wren sai do buraco dentro do qual os dois estão e se inclina para limpar a sujeira da calça. Leroux joga a cabeça para trás e geme, seu antigo jeito de ser novamente. Ele se levanta e segue Wren até a entrada. Os dois caminham lado a lado, ambos esfarrapados e cansados depois de seu empenho para salvar uma vida. A maior parte do cabelo de Wren se soltou do coque. Sua pele está corada e suja com uma mistura de terra e suor. O cabelo de Leroux está desgrenhado e úmido. O suor encharcou sua camisa. Ambos tentam acreditar que os esforços do dia valeram alguma coisa enquanto se afastam deste momento.

— A ideia de que ele pretendia que isso se desenrolasse de um jeito diferente, de que ele não queria este momento, é boa — Leroux concede. — Mas é como um prêmio de consolação. Posso colocar na prateleira e inflar meu ego neste instante, mas não tem nada a ver com a coisa de verdade. Com uma vitória *real*. Não estamos mais perto de prendê-lo. Qualquer outra perda de vida inocente está nas minhas mãos.

SEGUNDA **PARTE**

CAPÍTULO 23

JEREMY SE RECOSTA EM UM TÚMULO ALI PERTO. A MANHÃ está úmida, e ele usa o braço para secar gotas de suor da testa enquanto deixa a cabeça cair para trás a fim de examinar a extensão clara do céu. O Cemitério de St. Louis está em silêncio, ainda que repleto de turistas. Agora, depois de quase um dia inteiro que desenterraram sua vítima e o consideraram um fracasso, este lugar, de algum modo, parece ainda mais isolado do mundo dos vivos. Os enterros em Nova Orleans sempre foram repletos de tradição.

A localização infeliz da cidade sobre um lençol freático torna o solo um dos lugares mais inóspitos para enterrar um corpo recém-falecido. Os caixões enterrados se enchem de água e, com o tempo, voltam à superfície com a mais leve das enchentes. As tentativas dos primeiros coveiros, de colocar peso nos mortos, quase sempre sucumbiam depois de um tempo, com o aumento da pressão da água. Quando os caixões começaram a flutuar pelas ruas de Nova Orleans, ficou claro que uma nova solução era necessária. Agora, os entes queridos que partem são colocados para descansar acima do solo. A constelação labiríntica de tumbas cria uma atmosfera misteriosa, fazendo jus ao apelido de Cidade dos Mortos. Apropriadamente, a rainha do vodu, Marie Laveau, chama este lugar de casa. Visitantes passaram anos marcando as pedras que cercam seu corpo com três Xs, na esperança de que ela faça seus sonhos mais inatingíveis se tornarem realidade.

Agora, eles não permitem ninguém neste cemitério. A Arquidiocese de Nova Orleans criou regras estritas depois que vândalos invadiram os túmulos em ruínas. Essas tumbas decadentes têm sua própria beleza, mas lançar luz sobre elas pode escancarar um espetáculo macabro, com esqueletos desarticulados mal cobertos por tecidos de eras passadas. A cidade se apressou para proteger a santidade dos mortos.

Mesmo assim, Jeremy entrou neste mundo proibido simplesmente pulando a cerca.

Ele se lembra que, da última vez que esteve aqui neste horário, teve que quebrar a câmera de segurança apontada em sua direção antes de arrastar sua vítima pelo portão, trabalhando rápido para enterrá-la. Ele tinha feito uma pesquisa. Sabia que este lugar era um antigo ponto de tumbas enterradas, e, assim que se viu em segurança dentro das muralhas do cemitério, escavou o túmulo raso na terra úmida com facilidade. Ele se lembra de ter aberto a tampa do caixão decrépito e em decomposição, e de ter afastado os ossos desintegrados para um lado, a fim de colocar sua adição mais recente lá dentro. Mais do que tudo, ele se lembra da sensação deliciosa de tirar cuidadosamente a pulseira de seu bolso, um objeto pequeno e de aparência frágil, e colocado no pulso esquerdo da mulher antes de enterrá-la no túmulo roubado.

Jeremy se lembra do antigo clichê de assassinos que voltam às cenas de seus crimes e encontra um pouco de humor nisso, apesar do desapontamento das últimas horas. Ele preferia ser um clichê ambulante aqui, na grotesca e majestosa beleza do cemitério, a precisar retornar ao espaço onde acontecia o festival de jazz.

Ele pensa novamente no redemoinho de pessoas barulhentas, bebendo e rindo ao seu redor. O ar era pesado e espesso, mas com uma leve brisa que afastava até mesmo os mais sensíveis ao calor do conforto sintético de seu ar-condicionado durante uma tarde. Ele se sentira seguro e confiante enquanto o cheiro enjoativamente doce de carne putrefata se misturava com os odores fétidos da comida de parque de diversões. Ele se lembra do prazer de ver a percepção em alguns rostos na multidão, do aroma pungente de decomposição de dois dias se sobrepondo ao aroma mais agradável dos *beignets* recobertos de açúcar e do melhor gumbo do mundo. Eles ainda não podiam vê-la, mas o odor traiu seu esconderijo. Ela estendeu a mão por debaixo daquele palco – uma contrariedade duradoura mesmo depois que os gritos dela foram silenciados. A antecipação era intoxicante.

Jeremy fecha os olhos e consegue vê-la. Ele vê seus olhos arregalados e apavorados, sua última gota de esperança apagada naquele pântano escuro. Agora aqueles olhos tinham tido sua luz drenada, e suas pálpebras se semicerravam em um meio olhar sonolento. A linha fina e tensa que se estendia por seus lábios agora estava largada e preguiçosa. É como se ela quisesse dizer algo e não conseguisse. As vozes dos mortos são para sempre silenciadas. São conchas de tecidos clinicamente relevantes sem um método de comunicação do que realmente vivenciaram antes de acabar nas cenas dos crimes ou em uma mesa de autópsia. Ninguém pode saber a completa solidão que precede a morte até que chegue sua vez. Fisiologicamente, as pessoas podem explicar com exatidão o que acontece quando um coração para de bater, mas não a angústia que brota da alma de alguém no instante em que percebe que sua vida está sendo ceifada por outra pessoa.

Caminhando pelas fileiras do cemitério vazio, Jeremy se agarra a essas lembranças para recobrar o equilíbrio depois de tudo o que deu errado desde a primeira vez que traçou seus planos cuidadosos. Ele se lembra de sua missão maior, aquela que começou há quase sete anos, e que não pode perder de vista novamente. Não pode haver mais erros.

CAPÍTULO 24

A LIGAÇÃO CHEGA POUCAS HORAS DEPOIS QUE ELES DEIXAM o hospital. A vítima teve problemas respiratórios e acabou sufocando. Os médicos e enfermeiras de plantão tentaram procedimentos de ventilação de emergência, mas o corpo dela simplesmente desistiu. O relatório da morte revelava que uma facada cortara várias estruturas de sua espinha dorsal na região da vértebra C6. Ela estava paralisada da cintura para baixo. Wren instintivamente balançou a perna quando ficou sabendo dessa informação.

Os médicos também relataram que o assassino cuidou dos ferimentos que tinha feito, como Wren suspeitava. A perda de sangue não foi tão significativa quanto teria sido sem o curativo, tornando isso improvável como causa final da morte. Os testes de sangue proporcionaram um quadro ainda mais claro do destino da vítima. Seu sistema mostrava quantidades moderadas de cicuta, provavelmente administrada por via intravenosa antes de ela ter sido colocada viva na sepultura. A cicuta terminou o trabalho que o assassino começou. Wren percebera esse detalhe ao ler o relatório. É um veneno "literário", e ela se perguntou o que isso dizia sobre o assassino que o usara dessa maneira.

Com o corpo agora sem vida e sem cor em sua mesa na sala de autópsia, Wren não pode deixar de pensar nos rostos dos pais da vítima no hospital. Os rostos manchados pelas lágrimas e os olhos cansados ficaram marcados em sua memória. Ela não pode sequer imaginar a dor que sentirão quando descobrirem a extensão do terror que a filha vivenciou, o que ela viu, sentiu e sofreu. Os crimes desse assassino são como um vírus transmitido pelo ar, infectando a todos que estão no caminho do alvo primário. É um dano colateral para ele, mas, para as pessoas reais envolvidas, é algo que consome cada célula de seu corpo. Só por um instante eles tiveram a filha de volta e viva, apenas para que suas esperanças fossem esmagadas. Ainda que, às vezes, a morte seja a única misericórdia de verdade.

Wren esvazia a sacola verde com os pertences da vítima, enviados para o escritório médico-legal pelo hospital onde ela passou as últimas horas de vida. O conteúdo se espalha sobre a mesa de aço ao lado do corpo. Não há muita coisa lá dentro. As roupas manchadas e sujas de terra foram cortadas de seu corpo enquanto os médicos tentavam salvar sua vida no pronto-socorro. A parte de trás da camiseta branca esfarrapada está marrom, por causa do sangue velho. Há vômito seco na manga direita, provavelmente tendo escorrido depois que ela perdeu a consciência. A calça jeans está coberta de lama. Wren está determinada a descobrir precisamente o que foi feito com essa mulher antes de sua morte, mas, ao mesmo tempo, morre de medo de descobrir a verdade. Ela sabe que as últimas horas lúcidas dessa mulher foram repletas de coisas que nem mesmo os diretores dos filmes de terror conseguem conceber.

Wren deixa as roupas de lado e se volta para o que sobra

do conteúdo da sacola. Tem apenas mais uma coisa. A única outra posse que a vítima transportava consigo era uma pulseira que, segundo o relatório que acompanhava o corpo, foi tirada de seu pulso esquerdo. Os olhos de Wren se fixam na joia. A pulseira é delicada e tem um pingente em formato de coração anatômico com um pequeno E gravado em um lado. Suas pupilas focam uma vez e mais outra, como se não conseguissem acreditar. Com a mão enluvada, ela toca a peça. Está olhando para provar que aquilo está realmente ali, naquela sala, com ela, e de certa forma espera que seus dedos atravessem o objeto. Em vez disso, eles se conectam com o metal frio, primeiro com o pingente e depois com o restante da pulseira. É real, e está ali.

Seus pensamentos são caóticos. Eles correm por seu cérebro em padrões indecifráveis. Ela imagina que o interior de sua mente soe como um CD riscado, tocando o mesmo trecho sem parar. Agora ela está parada no lugar onde em geral se sente mais competente e forte, anos-luz distante da versão de si mesma que no passado usou esta pulseira, segurando-a de novo nas mãos.

Esta pulseira pertence a Emily Maloney.

Esta pulseira pertence a Wren Muller.

CAPÍTULO 25

JEREMY NÃO CONSEGUE PARAR DE PENSAR EM QUÃO DIFÍCIL foi o começo de seu grande retorno. Sete anos. Sete anos de planejamento e trabalho que levaram a essa exibição insatisfatória. Ele observou o desastre se desdobrar do que deveria ter sido um ponto de vista agradável ontem, obrigado a permanecer escondido do lado de fora do cemitério, testemunhando, impotente, seu plano desmoronar. O fracasso nunca é uma pílula fácil de engolir, mas, para Jeremy, é como ingerir vidro moído. Ele teve sucesso em escapar a maior parte de sua vida, mesmo assim, de algum modo, ia ser desmascarado. Tinha planejado tudo com tanto cuidado, escolhido as vítimas e selecionado métodos de assassinato que disparassem lembranças específicas nas pessoas que estavam trabalhando em seu caso desde o início. Ele deixara pistas, e nem todas eram tão sutis. As páginas de "O jogo mais perigoso", que ele enfiara na garganta de uma das mulheres, eram quase cômicas de tão óbvias. Talvez fosse arrogância mostrar seu poder sobre essas criaturinhas frenéticas que tentam capturá-lo, mas ele estava comprometido a chamar a atenção de Emily. Queria recordá-la de sua antiga vida, de sua vida verdadeira. Ele quase podia senti-la retornando àquele lugar em sua mente, no qual ela ainda era um coelhinho assustado fugindo dele no pântano escuro.

Depois de todos esses anos, é a fuga dela que ecoa mais alto na mente dele. Entrar em sua arena naquela manhã, há sete anos, e ver a rota de fuga de Emily diante dele foi excruciante – não porque ele foi obrigado a desovar imediatamente os corpos de Matt e Katie e voltar ao trabalho para encobrir qualquer traço de seu experimento. Ele vivera naquele fracasso durante anos, aperfeiçoando seu trabalho e garantindo não só que jamais se sentiria daquele jeito novamente, mas também que ela não daria seu último suspiro sem que finalmente fosse ele a arrancá-lo dela. A morte dela será orquestrada por ele.

Agora, observando outro momento meticulosamente planejado se estilhaçar em pedaços, ele está fervendo de ódio. Puxou as cordas com muita força em seu espetáculo de marionetes. Dava para senti-las se desgastando com a pressão e rompendo para revelar o homem atrás da cortina. A cena havia sido quase perfeita, quase o espetáculo que ele pretendia criar.

Ainda pode ser consertado, e há trabalho a ser feito, mas agora tudo o que ele pode ouvir é a lembrança recente dos sons satisfatórios das pás cavando a terra sem parar. As respirações, ofegantes e aceleradas. O grupo dentro das lonas azuis, grunhindo e bufando. O policial e os paramédicos estavam imundos de terra do cemitério, todos usando braços e mãos para afastar o solo, antes que um homem na casa dos setenta anos abrisse caminho educadamente até a frente da multidão segurando duas pás. Jeremy não conseguia se lembrar se já tinha visto uma demonstração tão rara de gentileza real antes ou depois, mas, a despeito da ajuda imprevista desse cidadão, ele tinha estado confiante na devastação iminente deles.

Dava para admitir que fora arriscado. Algo nessa magnitude exige um salto de fé, mas ele saltara mesmo assim. Seu timer tocara, e ele achara eufórico aquele som enfático atravessando o silêncio como uma piada inapropriada. Cruel e impositivo. Jeremy se virara para encarar a rua e apoiara as costas na parede do cemitério, como um amante satisfeito.

Mas, é claro, tudo o que se seguiu eclipsou qualquer satisfação da qual ele desfrutara até então.

— Vocês aí em cima! Ela tem pulso!

As palavras o assombram agora. Mesmo um dia depois, ele pode ouvi-la dizendo-as sem parar, seu tom de voz cheio de imperiosidade. Ela tirara essas palavras de sua aljava e as arremessara com um arco com a corda esticada com força, como se fosse um arqueiro experiente. Elas o empalam até agora.

No início, Jeremy entrara em pânico com a ideia de que sua vítima sobrevivente inesperada tivesse visto seu rosto, que ela soubesse seu nome ou mesmo seu apelido. Mas ele rapidamente se confortara por saber que, mesmo se ela, de algum modo, sobrevivesse à paralisia e à severa privação de oxigênio, não estaria mentalmente sã o bastante para colocá-lo em perigo real. Os espasmos musculares e as convulsões quase constantes sofridas naquela caixa minúscula teriam causado danos neurológicos duradouros. Seu cérebro estava destruído.

Além disso, Jeremy sabia desde o início como era raro que um plano seguisse o caminho original sem nenhum desvio de menor importância. As contingências são previstas nos planos exatamente por esse motivo, e Jeremy se sentia grato pela cicuta que injetara no corpo adormecido da vítima antes de colocá-la em seu lugar de não-exatamente-repouso final. Claro, teria sido melhor se ela já fosse encontrada morta na exumação, mas planos de contingência são melhores do que fracassos abjetos. A cicuta que percorria as veias dela e a falência respiratória terminariam o trabalho.

Assim como aconteceu com Sócrates.

Ele tinha setenta anos na época de seu julgamento por impiedade e corrupção da juventude. Quando foi considerado culpado pelas duas acusações por um júri formado por seus pares, ele recebeu a notícia de que teria que agir como seu próprio executor. A Grécia Antiga não era nada mais que teatral. Sócrates foi levado às pressas para uma cela e lhe entregaram uma xícara de chá com cicuta. Ele foi instruído a beber e depois caminhar pelo lugar onde se encontrava preso até que as pernas cedessem sob seu peso. A história quer nos fazer crer que a morte dele foi harmoniosa. Que ele fez o que lhe disseram e fez isso de maneira estoica. Mas Jeremy conhece o verdadeiro estrago da cicuta – vômitos, convulsões, falência respiratória – e está feliz por ver a história se repetir em sua última vítima.

Jeremy sabe que não é saudável ruminar os fracassos do passado. Sente que está ficando cada vez mais obcecado, a ponto de se tornar descuidado, mas, assim como um avião que cai em direção ao solo, ele simplesmente não consegue se conter.

CAPÍTULO 26

AS CORRUÍRAS SÃO CRIATURINHAS REALMENTE MAGNÍFICAS. Representam renascimento e proteção, imortalidade e força. Por causa da pequena estatura da corruíra, boa parte dos pássaros maiores e outros predadores subestimam sua incrível engenhosidade e inteligência. Mas, ainda que tecnicamente frágeis, as corruíras superam os predadores despreparados e saem por cima quando ameaçadas.

Por todos esses motivos, ela escolheu esse nome para si – *wren* é corruíra em inglês. Sete anos atrás, Wren Muller era Emily Maloney, trabalhando firmemente em seu sonho de se tornar médica. Era uma pessoa confiante, ingênua e totalmente sem consciência dos horrores que logo cairiam sobre ela. Um alvo perfeito. E então ela foi drogada, sequestrada, caçada, esfaqueada e deixada para morrer em um pântano remoto – um pântano que ela ainda não consegue localizar em um mapa – por um assassino sádico fantasiado de parceiro de laboratório e amigo.

No início ela se culpara por não perceber os sinais. Revia tudo sem parar mentalmente. Ela esperara pelo que pareceram ser horas no chão, com os olhos embaçados e ardendo. Suas costas latejaram e sua cabeça doera. Ela não ousara se mexer, com medo de que ele voltasse. Ela se lembrava do medo borbulhando em sua garganta como bile, tão abrangente que achou que poderia se afogar nele. Depois de um tempo, aquilo desapareceu. A tortura que ele infligira em sua mente e corpo se curou. Ela aprendeu a sobreviver e, no fim, a seguir em frente.

Mas agora o sorriso torto de Cal a assombra mais uma vez.

Ela é transportada no tempo para aquela mesma faixa de pântano amaldiçoada, e vê a si mesma, ensanguentada e machucada, levando a mão às costas, para tocar no ferimento profundo que ele fez nela. Ele tinha errado o alvo. Tinha errado a coluna cervical, ferindo, mas não paralisando-a, como ele pretendia. Afinal de contas, os dois eram apenas alunos do segundo ano de medicina. Ela se lembra de ter arrastado o corpo de Katie pelo solo esponjoso. Suas pálpebras pareciam lixas naquela noite, mas a adrenalina a fez superar a dor sufocante e a exaustão. Ela sabia que precisava redirecionar a corrente elétrica da cerca para poder passar livremente. Foi necessário usar toda a sua força para empurrar o corpo flácido de Katie até lá. Ela não consegue mais se lembrar como tinha sido passar por cima do cadáver da outra mulher, e agradece silenciosamente seu cérebro por se proteger da extensão inteira da lembrança sensorial. Ela se lembra, no entanto, de sair correndo. Correu por quilômetros. Era como correr dentro da água.

Ela se esforça para deixar a avalanche de memórias e engole em seco.

Agora ela sabe que Cal era o Carniceiro do Pântano. Ele já matou várias mulheres e homens antes dela, e está matando de novo. Ela rapidamente tira a luva da mão direita e pega o celular.

— John — ela diz o nome dele quando um soluço se prende em sua garganta. — Está vindo para cá?

Ela ouve os veículos passando ao fundo.

— Sim, devo chegar em cinco minutos. O que foi?

Ela percebe a preocupação na voz dele. Ela quer gritar para ele que sabe quem é o Carniceiro, que tem provas de que ele voltou. Ela inspira de maneira instável e olha para a pulseira.

— Estou bem. É que, quando você chegar, eu tenho que te passar algumas informações. É importante. Eu só não quero deixar você no escuro. — Ela está falando rápido demais, mas não consegue se controlar, ainda se recuperando desse golpe da realidade.

— Fique firme. Estou chegando — ele diz com gentileza, mas com a firmeza que é sua marca registrada.

A ligação termina, e Wren deixa o celular em cima da mesa de aço diante de si. Por um instante, ela escuta sua própria respiração na sala de autópsia silenciosa. Depois de um minuto, ela pega o bisturi. Desembrulha cuidadosamente a lâmina e a pressiona no cabo até que se encaixe no lugar.

— Eu não terminei o exame externo — diz ela em voz alta, como se estivesse conversando com a vítima.

Wren coloca o bisturi no lençol que cobre o torso da mulher morta, substitui as luvas e prende um protetor facial na cabeça. Puxa o lençol e segura a lâmina sobre o ombro direito, preparando-se para começar a incisão em forma de Y. Antes que a lâmina atinja a carne pálida, Wren para.

— Não vou falhar com você, Emma — ela promete, usando o nome da vítima para marcar o ponto. Ainda consegue ouvir a voz agonizante dos pais de Emma dizendo seu nome para ela no necrotério do hospital, enquanto seguravam suas mãos sem vida entre as suas. "Cuide da minha Emma", sua mãe implorara.

Agora, Wren fecha os olhos com força, como se estivesse apertando um botão de reinicializar.

— Estou aqui para te escutar.

Lágrimas ameaçam se formar no fundo de seus olhos, mas ela as evita piscando com força. Um exame externo não é algo que se faça de qualquer jeito quando se é o médico-legista. É vital para o processo. Assim que o primeiro corte é feito, tudo muda. Wren se recusa a permitir que sua participação pessoal neste caso atrapalhe a tarefa que está diante dela. Esse é o momento de Emma falar, não a hora de Wren sofrer.

Ela começa na cabeça de Emma, usando a mão enluvada para afastar gentilmente o cabelo sujo de sua testa. Os olhos dela estão semiabertos, fazendo-a parecer alguém prestes a cair no sono. Apesar das pálpebras pesadas, está claro para Wren que aqueles olhos já foram azuis e brilhantes. Inesquecíveis. Agora, estão nebulosos e opacos. Uma névoa pálida tomou conta da superfície, fazendo-os parecer fantasmagóricos. É um efeito colateral infeliz da morte, mas sempre mais difícil de aceitar em um par de olhos como estes. Ela ergue a pálpebra de leve para verificar se há indícios de hemorragia petequial. Não detecta nenhum sinal dos minúsculos vasos que estouram dentro e ao redor dos olhos quando uma vítima sofre estrangulamento.

Ela consegue sentir o coração acelerar com essa ideia, e suas mãos começam a tremer. Cede por um segundo apenas ao nó que se forma em sua garganta. Às vezes, permitir um soluço pode fazer a pressão se dissipar, mas, em vez disso, ela endireita as costas. Se recompõe e leva as mãos à próxima área a ser examinada.

O tubo de intubação ainda está colado ao rosto de Emma. Wren o inspeciona antes de puxá-lo lentamente da garganta da vítima. Ao fazer isso, ela remove cuidadosamente a fita que o mantém no lugar. O ar preso escapa da boca de Emma, criando um leve som de respiração – facilmente confundido com um sinal de vida para um ouvido destreinado. Ela para por um momento, lembrando-se da cena de *O silêncio dos inocentes* em que o patologista forense remove o casulo de uma mariposa da garganta de uma das vítimas de Buffalo Bill. Wren sempre estremece quando o ar preso escapa nesse momento, e dá crédito à cena por ajudar a moldar seu fascínio pelo corpo humano e pelo que acontece com ele depois da morte.

Os braços de Emma têm pequenos hematomas espalhados, sem dúvida resultado de sua tentativa de fuga da prisão subterrânea depois de ter sido enterrada viva. Esses ferimentos não se relacionam com espancamentos de nenhum tipo. Wren registra na planilha e segura as mãos de Emma, fazendo anotações sobre as unhas quebradas em seus dedos. As pontas estilhaçadas são um lembrete difícil de que ela despertou em um caixão e tentou freneticamente achar um jeito de sair. Wren pega uma amostra de debaixo das unhas. Ela já sabe que ele jamais permitiria que as vítimas chegassem ao necrotério com seu DNA sob as unhas. Mas ainda é uma parte necessária da autópsia. A diligência dá frutos quando menos se espera.

Wren passa para as pernas de Emma, das quais seus pais falavam com orgulho para qualquer médico ou enfermeira que estivesse disposto a ouvir. Eles se gabaram do fato de Emma ter sido uma corredora graciosa, e os olhos de seu pai se encheram de lágrimas enquanto ele contou que Emma o acompanhava nas corridas noturnas quando era criança. A voz dele falhou quando relatou que os dois se desafiavam e se motivavam. Era claro que ele amava que esses momentos de companheirismo noturno tivessem se tornado uma paixão para Emma. Quando Wren trouxe a notícia de que provavelmente Emma ficaria paralisada da cintura para baixo, foi devastador para ambos. Wren teve que se conter diante deles, permitindo-lhes o direito de lamentar pela imensa perda da filha, mas, naquela noite, ela finalmente foi esmagada pelo peso daquilo tudo, permitindo que lágrimas quentes fluíssem livres em sua sala de estar escura.

Ainda que não possam mais correr na calçada, as pernas de Emma ainda são fortes. Wren pode sentir os quadríceps definidos de uma corredora. Pode ver os músculos compridos e esguios, esculpidos por anos de treinamento. Agora ferimentos se cruzam em sua pele, provavelmente por ter corrido em uma área densamente arborizada. Ela percebe as lacerações nos pés de Emma, como se tivesse viajado em condições difíceis, sem sapatos. Ela viu o mesmo padrão em múltiplas vítimas, ela mesma incluída. Ela afasta a imagem de sua mente.

— Por onde você andou? — Wren pergunta a ela, esfregando o polegar na enorme laceração na lateral do pé esquerdo de Emma. — Ele levou você para o mesmo lugar aonde me levou?

Ela ouve Leroux se aproximando pelo corredor agora, sua voz ecoando enquanto ele brinca com alguns técnicos. Ele solta uma risada contagiosa, e os pensamentos dispersos de Wren de repente se encaixam no lugar. Leroux pressiona o botão para ativar a porta deslizante da sala de autópsia.

— Tudo bem, Muller, como é que estão as coisas? — ele pergunta assim que atravessa o batente da porta. A expressão em seu rosto é de preocupação genuína, mas Wren luta para decidir que bomba vai soltar primeiro. Ela se vira para olhar para ele, ainda segurando a prancheta de metal com os registros do exame externo de Emma.

— John, por acaso vocês têm alguma pista sobre onde o assassino persegue as vítimas? — ela responde com uma pergunta.

— Tem certeza de que está pronta para embarcar nessa?

Ela limpa a garganta e estende a mão para segurar a fria mesa de metal diante de si. Confirma com a cabeça:

— Você não imagina o quanto.

Leroux se senta em um banco com rodinhas.

— Bem, quando você registrou os mesmos tipos de ferimentos de alguém que correu por uma área densamente arborizada em todas as nossas últimas vítimas, nós marcamos isso. Ele é claramente atraído pela caça, ou melhor, pela caçada. — Ele faz uma pausa para respirar e segue em frente. — Mas o que não conseguimos descobrir é *onde* ele consegue fazer isso.

— Um ambiente controlado — Wren completa o pensamento dele. Leroux sorri.

— Exatamente. Não tem chance de esse cara não controlar a coisa toda. Deve ser um lugar onde ele possa fazer isso sem qualquer perigo real de a vítima escapar. É um risco simulado.

— Ele tem uma casa — ela diz sem olhar para Leroux, que concorda com um gesto de cabeça.

— Com certeza. Ele deve ter um lote bem decente de terra com vegetação nativa, porque os ferimentos que nós estamos vendo não são feitos por alguém que correu em um jardim planejado.

Leroux se levanta, enfiando as mãos nos bolsos como faz com frequência quando está pensando em alguma coisa. Ele começa a andar pela sala, parando para olhar os modelos anatômicos. Wren engole em seco.

— Ele herdou a casa dos pais — ela diz finalmente, quase em um sussurro.

— Não esqueça de alongar da próxima vez que quiser dar um chute desses! — ele ri, olhando para ela com o cenho franzido.

Wren morde uma pontinha de pele no lábio, precisando de um segundo para reunir seus pensamentos em condições de fornecer uma informação coerente. Depois de um segundo, ela se vira para olhar para Leroux.

— Não estou tirando isso do nada, John. Eu sei quem está fazendo essas coisas.

O rosto de Leroux se contorce em um sorriso incrédulo.

— Como é? Muller, era sobre isso que você estava falando no telefone?

— Em parte. Eu conheço esse homem... ele é capaz, ele é inteligente, e eu imagino que esteja morando nas terras dos pais, que já morreram. — Ela olha para Leroux, que a encara como se ela tivesse acabado de dizer que sabe voar. — É o Cal.

— Cal? Quem diabos é o Cal? Eu devia conhecer esse nome? Cal do quê? — ele gagueja.

— John, você lembra da garota que sobreviveu ao Carniceiro, há sete anos?

— Sim, Emily alguma coisa. Eu lembro de ler sobre ela nos arquivos do meu pai. O que isso tem a ver?

Wren respira fundo, e então encontra o olhar dele.

— É Maloney. E sou eu. Eu sou Emily Maloney.

É como se um fantasma entrasse na sala. O rosto de Leroux fica branco, enquanto ele luta para encontrar as palavras corretas. Ele abaixa os olhos, claramente tentando conectar tudo em sua cabeça. Ele olha novamente para ela, tentando encontrar confirmação em seus olhos. Wren assente. Ele fica em silêncio, dando a ela espaço para continuar quando estiver pronta.

— Muller é meu nome de casada, como você sabe, e, bem, eu meio que sempre admirei as corruíras, ou *wren*, em inglês. Achei que era um nome adequado para eu me esconder atrás dele.

Ele solta a respiração, quase sorrindo em descrença.

— Combina com você — diz, por fim.

— Obrigada, John. — A expressão dela se suaviza, e ela franze os lábios, sentindo-se repentinamente leve.

— Meu pai trabalhou nesse caso — comenta ele, tentando se recompor.

— Trabalhou. Eu lembro muito bem dele, na verdade. Ele foi o único que me ouviu e que acreditou em mim — ela relembra e se senta em um banco, fechando os olhos. — Os policiais que me interrogaram pensavam que eu estivesse drogada, ou simplesmente confusa pelo trauma. Eu não conseguia falar para eles onde ele tinha feito tudo aquilo. Eu tinha acordado ali, praticamente cega, e corrido por quilômetros sem direção quando escapei. Eu não podia sequer dizer se era no mesmo distrito. Eu fui inútil para a investigação deles, e eles ficaram bravos.

A mente de Leroux parece correr a mil por hora. Ele abre a boca para falar, mas para.

Wren prossegue.

— Disseram que outras testemunhas descreveram o Carniceiro como um cara loiro, e a minha descrição não batia.

— Sinto muito, Muller. Não sei o que dizer.

— Ele deve ter tingido o cabelo de castanho quando me conheceu. Eu disse isso para eles, e eles ignoraram!

Um soluço escapa de Wren, e ela se lança para a frente e cai nos braços de Leroux. Ele a abraça com força e ambos caem juntos no chão.

— Eu sinto muito, Muller. Eu sinto muito mesmo — ele diz sem parar, enquanto a abraça no chão frio.

— Você não precisa ficar assim, John — ela responde, esfregando os olhos para se recompor. — Eu deixei isso lá no passado. Aprendi a viver com isso. Mas ele está aqui novamente, Leroux. Eu sei que é ele. O Carniceiro. Cal.

Ela encara o olhar dele com uma calma pétrea antes de se levantar e cruzar a sala. Ele se levanta também, bem quando ela retorna com a pulseira. Ela coloca a joia na palma da mão dele, e ele a vira duas vezes.

— *E* — diz ele, analisando o pingente.

— De Emily — ela acrescenta. — Essa pulseira é minha. Ele pegou na noite em que me sequestrou. Eu encontrei nos pertences da Emma. Ele deixou ali para que eu a encontrasse.

— Puta merda.

Leroux parece prestes a cair no chão de novo, mas aguenta firme. Ele vira a pulseira na palma da mão mais uma vez, antes de apertar a ponte nasal.

— De qualquer forma, o Cal tinha uma mãe idosa sobre quem ele falava às vezes quando nós estudávamos juntos. Ela estava adoentada e acamada. Eu lembro que ele disse que a família tinha uma casa antiga e muitas terras. Ele amava aquela casa. Aposto que é para esse lugar que leva as vítimas. Para onde ele me levou.

Leroux assente. Seus olhos se movem de um lado para o outro enquanto ele tenta juntar todas as informações.

— Philip Trudeau! — Wren fala de repente e se vira para olhar para Leroux. O rosto dele se contrai.

— Oi?

Ela continua a falar:

— Philip Trudeau, o nome no cartão da biblioteca. Aquele que nós achamos perto de um dos corpos.

— Sim, eu sei. O cara de Massachusetts. Eu lembro.

— Eu falei para você que aquele nome me era familiar. Fiquei revirando meu cérebro aquela noite. O nome continuava aparecendo, mas eu não conseguia localizá-lo.

— Vá direto ao ponto, Muller.

Ela acena exasperada e segue em frente:

— Philip Trudeau era o melhor amigo de infância do Cal. Ele se mudou para Massachusetts quando os dois eram crianças. Ele me contou essa história uma vez, depois de uma palestra. Eu lembro porque era uma coisa muito estranha para se guardar por tanto tempo. Pode falar novamente com Philip

Trudeau, e eu garanto que ele vai confirmar. Aquele livro, esta pulseira. São sinais. Ele está tentando chamar a minha atenção durante todo esse tempo.

— Não esqueça do seu cartão de visita na cena do crime. Isso tudo está começando a fazer muito mais sentido agora.

— Ligue para Philip Trudeau. Confirme se ele conhece o Cal — Wren pede. — Na verdade, John, talvez você possa tentar o nome Jeremy. As outras vítimas o chamavam de Jeremy.

Leroux concorda com um gesto de cabeça, notando este último detalhe com calma depois da conversa que acabaram de ter.

— Você está bem? — Leroux pergunta, sem rodeios. — Não tem problema se não estiver.

Ela sorri com a boca, mas não alcança os olhos.

— Não estou. Mas vou ficar, assim que isso finalmente acabar.

Por um instante, eles ficam em silêncio. É um silêncio confortável e seguro.

— Ei, vocês chegaram a descobrir do que tratava aquele capítulo do livro? Aquele que nós encontramos na cena no Pântano Sete Irmãs? — Ela não olha para ele, em vez disso mantém os olhos fixos em Emma.

Leroux aperta os lábios, percebendo o significado dessa pergunta agora.

— Descobrimos — ele responde, quando ela finalmente encontra seu olhar de novo.

— O que era?

— "O jogo mais perigoso" — ele responde diretamente, sem afastar os olhos dos dela.

Ela sorri, balançando a cabeça.

— Maldito. Ele adora um clichê.

Leroux não pode evitar uma risadinha também. Ele limpa a garganta.

— Nós vamos resolver isso, Wren — ele diz gentilmente, usando o primeiro nome dela de propósito. — Vou falar com o Trudeau e ver o que eu consigo descobrir sobre o paradeiro atual do Cal-barra-Jeremy.

Ele caminha até o balcão onde deixou seu paletó.

— Enquanto isso, se precisar colocar mais alguém neste caso, fique à vontade. Isso pode se tornar muito pessoal, e bem rápido.

— Normalmente eu brigaria com você por isso. — Ela suspira, tirando a lâmina do bisturi e descartando-a no recipiente vermelho para objetos pontiagudos. — Mas acho que você está certo. Preciso fazer o que é melhor para Emma, e não sou o que é melhor para ela agora.

Leroux atravessa a sala e aperta seu braço. Wren tira a luva da mão direita com um estalo. Ela pega o telefone na parede e pede que outro técnico termine a autópsia de Emma.

CAPÍTULO 27

É RARO PARA JEREMY SE SENTIR FORA DO CONTROLE. ELE TEM paciência. Ele tem disciplina. Ele tem planos. Mas, esta noite, ele não tem nada disso. Esta noite, ele só tem raiva. Ele está sentado em seu carro, do lado de fora do O'Grady's Pub, olhando fixamente para o único caminho que lhe resta. Ele não consegue tirar da cabeça seu último erro crasso de cálculo. Agora ele está fervendo, como uma panela de pressão. Tinha que ter funcionado. Tinha que ter sido seu teatro, seu salto da vitória. Mas a garota tirou seu momento de êxtase, e dificilmente importa o fato de ela ter sucumbido à cicuta. Se pudesse, ele voltaria no tempo para cortar a cabeça dela e dar vazão à raiva dentro de si, mas não pode.

E então ele caça.

É uma e meia da manhã, e a hora de fechar está próxima. É o momento ideal para conseguir que alguém vá para casa com ele. É tarde o bastante para que até mesmo a pessoa mais cautelosa deixe suas inibições de lado, mas cedo o suficiente para pegar pessoas coerentes e conscientes. Ele não está procurando por um manequim de tiro ao alvo. Está procurando por outro coelho capaz de correr.

Ele verifica rapidamente seu reflexo no retrovisor. Seus olhos estão vermelhos, mas em um bar escuro ele sabe que eles não vão trair seu estado mental. Ajeita cuidadosamente uma mecha de cabelo que caiu na testa e entra no bar.

O lugar ainda está lotado. O ar está denso com o cheiro de perfume barato e de colônia mais barata ainda. As luzes dão um tom avermelhado que faz todo o ambiente do bar parecer os círculos mais baixos do inferno. Os clientes que estão ali podem ser divididos em dois grupos. Os lobos solitários, que se sentam no fundo do bar com os ombros inclinados para a frente em uma postura defensiva, inexplicavelmente querendo ser deixados em paz em um salão lotado. Jeremy não está aqui atrás deles. E há as pessoas que ainda estão esperançosas, se não desesperadas, para que alguém as perceba. A maioria delas nem sequer precisa de elogios ou mesmo do verniz da decência. Elas simplesmente precisam da promessa de prazer para abafar a aversão que têm por si mesmas. Jeremy pode trabalhar com isso.

Ele não se incomoda com qualquer um que esteja parado nos cantos. Em vez disso, segue direto para o bar. Acomoda-se em um assento e analisa o salão rapidamente. Seus olhos pousam em uma mulher sentada à sua direita, a cerca de três bancos de distância. Ela parece perto dos trinta anos, mas está acabada, como se já tivesse visto muita coisa em seu curto período de tempo na Terra. Seu cabelo castanho foi alisado sem um centímetro de vida, e cai de maneira acentuada logo abaixo dos ombros. Ele a notou logo de início, quando ela ajeitava o vestido azul tomara que caia com uma expressão de tédio. Ela enfia a mão inteira dentro da parte superior do vestido para fazer isso. Ele a acha totalmente repugnante. O desespero sai dela como fumaça de cigarro e se mistura com a ilusão pomposa que ela usa como perfume barato. E, esta noite, ele vai tornar os sonhos dela realidade.

Ele acena para a bartender com um dedo no ar. A moça se aproxima dele devagar.

— Em que posso servi-lo? — ela pergunta, secando as mãos na calça.

— O que ela está bebendo?

A bartender olha para onde ele está apontando e estreita os olhos, rindo.

— Ah, aquela ali curte um cosmopolitan. — Ela olha novamente para ele, com um sorrisinho brincalhão, apoiando-se no cotovelo. — Mas quer que eu sirva um uísque para ela, para ver como as coisas rolam?

Um sorriso atinge levemente os cantos da boca dele. Os bartenders conseguem identificar uma impostora tão bem quanto ele, por isso eles têm seu respeito.

Ele confirma com a cabeça.

— Sirva outro cosmopolitan para ela, e fale que fui eu que mandei, por favor. — Ele entrega algumas notas para pagar a bebida, e ela coloca a mão sobre o dinheiro.

— Pode deixar.

Ele a observa preparar a bebida cor-de-rosa e servi-la em um copo limpo. Depois, empurra o copo na direção da coelha misteriosa de Jeremy sem derrubar o conteúdo pela borda – ele está impressionado. A coelha parece surpresa, mas rapidamente muda para satisfeita. Ela se sente encorajada agora, empurrando o cabelo para trás, com uma expressão de autossatisfação no rosto contraído. Ela ergue os olhos, depois que a bartender aponta na direção dele, e o encara por sob os cílios. Ela lhe dá um aceno sedutor e o chama para se sentar mais perto.

Laçada.

— Espero que não seja muita presunção da minha parte — diz ele, sentando-se no banco ao lado dela e lhe dando um sorriso cativante.

Ela respira fundo.

— Eu estava esperando que você viesse falar comigo.

Ela se inclina para a frente. Ele consegue ver com clareza que ela está tentando apertar os braços sutilmente na lateral do corpo, para acentuar o decote. A proximidade dela o deixa desconfortável – seu hálito recende a tabaco e café, e é enjoativo quando sai de sua língua, em ondas –, mas ele aguenta firme, concentrando-se no que está por vir.

— Bem, você está com sorte, então. Qual é o seu nome, menina bonita? — Ele quase engasga ao dizer isso, mas mantém a voz estável.

Ela morde o lábio.

— Tara — ela responde, em uma voz ofegante.

Ela pronuncia um *A* bem longo, em um esforço óbvio de parecer sedutora, e ele quase distende um músculo na tentativa de impedir seus olhos de revirarem. Ela sorri e, sem surpreender ninguém, não pergunta o nome dele.

— Oi, Tara. Meu nome é Jeremy.

— Você não parece um Jeremy — ela arrulha e apoia o queixo na palma da mão, piscando rapidamente. Ele força um sorriso e toma um gole de sua bebida.

— Bem, duvido que eu aja como um — ele responde, sem ter certeza do que isso significa, mas satisfeito por ter provocado uma risada estridente em sua nova amiga.

Fácil demais.

É exatamente o que ele procura esta noite. Nenhuma complicação ou planos muito intrincados. Ele só precisa relaxar. Do jeito como ele vê, isso é um retorno ao básico. Tudo de que precisa é conseguir que ela vá embora com ele, de carro, e daí em diante ele estará livre para seguir para onde seus desejos o levarem. Ele a observa enquanto ela bebe seu cosmopolitan. Ela abaixa o copo e seca o nariz rapidamente com a lateral do dedo. Depois usa a mesma mão para mexer no cabelo castanho, virando-o para um lado e inclinando a cabeça para trás levemente no processo. Ao fazer isso, ele vê a minúscula mancha de sangue seco no interior do nariz dela.

Bingo.

— Então, Tara, eu fiquei olhando pra você esta noite. — Ele dá um sorriso irônico ao ver que ela já se anima. — Quero dizer, obviamente, só olhar para você já me deixa excitado.

Ela está adorando tudo isso e se inclina para permitir que ele tenha uma vista melhor do que está dentro de seu vestido.

— Mas eu também sei que você é o tipo de mulher que sabe o que quer. Não parece aquelas que caem nessas bobagens.

Os olhos dela viajam pelo corpo dele, e então retornam ao seu rosto. Ela morde o lábio e responde:

— É isso mesmo.

Ele recua um pouco, mas se obriga a se aproximar dela. Bem como ele suspeitava – sob aquele exterior de mulher adulta, ela é só uma adolescente com tesão. Ele vai para o golpe final:

— Eu tenho coca em casa. Vem comigo.

Ele observa os olhos dela se iluminarem. Ela lambe os lábios, de um jeito que ele tem certeza de que ela pensa ser atraente.

— Demorou — ela concorda, inclinando-se um pouco perto demais.

Ele deixa algumas notas como gorjeta para a bartender e se levanta, estendendo a mão para os dois caminharem juntos até a saída. O ar esfumaçado e quente do bar é substituído pela brisa fresca da noite lá fora. Ele abre a porta do passageiro de seu carro para ela, que entra com suavidade. Enquanto segue para o lado do motorista, ele se prepara mentalmente e começa a analisar suas opções. Ele devia levá-la até sua casa. Mas não quer esperar para relaxar. Antes de se sentar no banco do motorista, ele acena com a cabeça para um homem fumando um cigarro do lado de fora do bar. Ele está frustrado, como se tivesse acabado de sair de uma discussão com alguém, e encara Jeremy com ar perplexo antes de lhe mostrar o dedo do meio, apagando o cigarro com a sola do sapato e voltando para dentro. As pessoas têm um jeito estranho de validar o desdém de Jeremy por elas, bem quando ele mais precisa disso.

Ele começa a dirigir e os dois seguem em silêncio por um tempo. De vez em quando a mulher interrompe o silêncio meditativo dele com um pouco de uma conversa sem sentido. Quando eles começam a percorrer as ruas arborizadas e escuras de Nova Orleans, Jeremy decide para onde vai levá-la. Ele entra em uma rua de terra e a distrai com uma conversa despretensiosa.

— Como você ganha a vida? — ele pergunta, preparando-se para fingir interesse em qualquer emprego servil que ela esteja prestes a descrever.

— Sou advogada — diz ela, olhando pela janela do passageiro.

A resposta dela é a primeira coisa a chocá-lo esta noite. Ele abafa uma risadinha incrédula.

— Sério? — ele pergunta, tentando manter o tom de voz neutro. — Advogada?

Ela dá um sorrisinho irônico, se virando para encará-lo com os olhos vidrados.

— Você parece surpreso.

— Eu *estou* surpreso — ele admite.

Ele balança a cabeça. Ela com certeza não parece uma advogada. Mas ele se pergunta qual seria a aparência de uma advogada a estas horas da noite, em um bar. Essa mulher deve furar filas de vez em quando, usando sua carteirinha da Ordem, antes de abrir outro buraco no cérebro cheirando todas.

Ela ri de leve, e então balança a cabeça também.

— Bem, eu tenho o diploma, mas acabei de perder o emprego que arrumei assim que saí da faculdade — ela admite, parando de falar de repente e abaixando os olhos cheios de vergonha para as mãos.

Ele percebe que ela quer falar a respeito. Está procurando uma companhia para desabafar, mas não será ele. Não, ela não vai encontrar empatia ou conselhos atenciosos aqui. Ele se infiltrou no mundo destruído dela por esporte, e só está interessado em seus próprios jogos esta noite. Ela olha para ele, mas rapidamente volta a olhar pela janela assim que vê que ele não vai pedir mais informações.

— Então, onde você mora exatamente? — Ela se remexe inquieta em seu assento, sentindo o peso de sua decisão espontânea. — Preciso ficar nervosa por nós estarmos entrando na mata agora?

Ela limpa a garganta de um jeito nervoso, mas força uma risadinha. Ele sorri, mantendo os olhos na estrada diante deles.

— Não precisa ficar nervosa, esquilinha. Eu moro um pouco afastado do asfalto.

Um sorriso puxa o canto dos lábios dela, mas sua energia nervosa permanece.

— Você mora aqui?

— Não nesta estrada em particular, mas bem perto.

Ele mantém os olhos concentrados diante de si. A estrada diante deles é escura, sem iluminação, e esburacada. Um pântano emerge à esquerda, e ciprestes ameaçadores se entrelaçam com uma tela à sua direita.

— Então, por que nós estamos indo por este caminho se você não mora aqui? — ela pergunta, fingindo coragem. Ela se agarra ao cinto de segurança como se fosse uma arma.

Ele entra em uma rua de terra perto do pântano e desliga o motor. Por fim, sorri para ela.

— O ar está tão agradável esta noite. Pensei que nós podíamos dar uma volta — ele a tranquiliza.

— Está tipo um breu lá fora — ela protesta, mas não consegue deixar de segui-lo como um cordeiro em direção ao abate.

Ele sorri, caminhando na direção dela. Dá para ver que ela fica tensa quando ele invade seu espaço pessoal. Ele se inclina para a frente, e ela segura a respiração quando ele estende o braço, dentro da janela aberta do carro, para pegar uma lanterna. Ele balança a lanterna diante do rosto dela e a liga. O som inorgânico atravessa o silêncio.

— Não está mais — diz ele com uma piscadinha, segurando a mão dela.

Em algum lugar de seu cérebro, ela consegue sentir que está em perigo. Seu corpo fica tenso, as pupilas se dilatam. Juntos, eles caminham pela escuridão que se estende diante dos dois. A única luz é da lua, que está quase cheia. Ela segura a mão dele com força. Segura como uma criança seguraria a mão dos pais. Ele aperta a mão dela de volta, em um espetáculo simulado de conforto. Os dois andam em silêncio por alguns minutos, ambos examinando o terreno e seus arredores, ainda que por motivos completamente diferentes.

— Na verdade, é meio que bonito aqui. Bem assustador, mas bonito.

Ela se assusta com um graveto partido ao longe, e seu corpo instintivamente se aproxima do dele por causa do medo. Ele não pode deixar de sorrir com a ironia. Ele é, de longe, a maior ameaça à segurança dela neste pântano.

— Sim, mas todas as coisas que valem a pena ser levadas em consideração são um amálgama entre o assustador e o lindo. Deve ser entediante se encaixar apenas em uma categoria.

— Aposto que você presume que eu não sei o que *amálgama* quer dizer, né? — Ela para e olha para ele, sorrindo de um jeito que a faz parecer mais atraente do que naquele bar mal iluminado.

Ele sorri de volta, esperando que ela continue a andar. Ela balança a cabeça enquanto seguem na direção de um banco de madeira perto da água. Foi cortado de forma rude, e claramente feito à mão, mas, de algum modo, é também convidativo, fazendo o pântano imundo parecer pacífico. Eles se sentam lado a lado e olham para o reflexo da lua na superfície da água turva.

— Eu passei no exame da Ordem, sabia? Acredite ou não, o decote não tem correlação com a inteligência.

Ela sorri, bem-humorada. Ele não responde imediatamente, levando um instante para fingir coçar a perna para sentir a bainha que contém sua faca de caça bem presa no lugar, perto do tornozelo.

— Culpado. — Ele se endireita, dando uma olhada nela. — Você é um bom exemplo dos perigos de julgar um livro pela capa.

Ela dá uma risadinha suave, batendo com o ombro no ombro dele, de um jeito brincalhão.

— Esse é um elogio estranho, mas vou aceitar.

— Que generoso da sua parte.

— Como eu poderia ficar zangada com esse rosto? — ela admite e coloca uma mão na bochecha esquerda dele, virando-lhe o rosto na direção do dela. Ela fecha os olhos e começa a se mover para a frente, iniciando um beijo. Ele hesita só de leve, antes de se mover para diminuir a distância entre os dois, quase tocando os lábios dela com os seus. Assim que sente o hálito dela se encontrar com o dele, ele diz baixinho:

— Você devia correr.

As palavras deslizam de sua boca. Ela segura a respiração e dá um sorriso nervoso. Mantém o rosto perto do dele, mas se afasta o suficiente para olhá-lo nos olhos.

— Como é?

— Você me ouviu bem.

O sorriso dela desaparece rapidamente. Ela se afasta e solta uma bufada incrédula.

— Isso não é engraçado.

— E nem devia ser.

Ele quase consegue sentir seus olhos escurecerem quando se inclina para pegar a faca escondida em seu tornozelo. Ele a segura diante de si, inspecionando-a e admirando como a luz da lua reflete em sua lâmina. Ela está paralisada no lugar em que está sentada, os olhos alternando entre ele e a arma. Ele consegue ver o arrependimento atravessar o rosto dela como o trailer de um filme.

— Agora, corra! — ele grita a última palavra para Tara, sem olhar nenhuma vez para ela enquanto faz isso.

Com sua visão periférica, ele a vê correndo na escuridão, enquanto um soluço abafado escapa de sua boca. Ele se levanta também, dando um momento a ela antes de caminhar em sua direção. Não há lugar algum para onde ela possa ir. Ele a trouxe até uma estrada sem saída, margeada por pântanos e completamente cercada com arame farpado. Os esforços do departamento de vida selvagem para manter os jacarés afastados agora a trancaram com um predador de verdade. As opções dela são encará-lo ou nadar.

Ele conhece bem este lugar. Seu pai o trazia aqui com frequência para caçar porcos selvagens quando ele era jovem. Ele aprendeu a ter paciência naquelas noites que passavam juntos, esperando que os porcos entrassem neste playground protegido. De algum modo, eles conseguiam fazer suas excursões ilícitas sem incidentes com as forças de segurança locais. É uma lembrança agradável, observar o pântano enquanto a noite cai.

Caçar à noite é uma lição de medo. Ensina você a controlar seus instintos e a aceitar os sons desconhecidos que saem de lugares escondidos assim que o sol se põe. As pessoas noturnas sabem que o silêncio da noite é um mito. É sempre mais barulhento à noite. Ele é capaz de distinguir entre cada uma das centenas de sons distintos que formam essa tagarelice noturna. Um caçador de verdade é capaz de deixar todos esses ruídos de lado enquanto escuta sua presa escolhida. Esta noite seus ouvidos aguçados lhe dizem que está no caminho certo. Claro, ele não tem interesse em caçar porcos agora. Coloca em prática as incontáveis habilidades que aperfeiçoou aqui com seu pai de um jeito diferente hoje. Desde então, ele encontrou uma presa muito mais excitante.

Ele escuta um galho partido à direita, em meio à cacofonia. Dá para dizer que ela parou de correr. Ele conseguiria ouvi-la correndo. Já seus passos são suaves, permitindo que a terra absorva cada um deles antes de dar o próximo. Ele sorri enquanto caminha.

— Calma, Tara! Sabia que a carne tem um gosto pior quando o animal demonstra medo extremo antes de morrer? Tem alguma coisa relacionada com a degradação do ácido lático.

Ele ouve um soluço abafado. A respiração dela é alta o bastante para que ele possa distingui-la sobre o barulho.

— Ah, Tara. Eu não quero jantar você! — Agora ele dá uma gargalhada, pisando em um galho caído. — Mas é interessante, não é? Você acha que em algum momento nós provamos a carne em seu melhor estado? Afinal, como um animal pode estar completamente sereno antes da sua morte? Está gostando das minhas curiosidadezinhas, não está, Tara? — ele grita na escuridão quando fala o nome dela.

Ela está correndo novamente. Ele é capaz de ouvir sua fuga pelos arbustos, os passos cambaleantes e a respiração entrecortada dela se afastarem dele. Seu pânico é detectável mesmo na escuridão que envolve os dois. Ele começa a correr também. Deixa os galhos baterem em seu rosto enquanto atravessa o terreno familiar, e desfruta da corrida desenfreada de uma caça à moda antiga.

Diante dele, Tara podia muito bem estar vendada. Ele consegue ouvi-la parar e recomeçar a correr várias vezes, enquanto tenta navegar no breu que se espalha diante dos dois. Ruídos intermináveis revelam sua localização. Então, de repente, a comoção para. Ele para também. Fica parado no meio das árvores, escutando. Presume que ela se escondeu. Ela ainda não sabe que ele conhece bem essa mata. Ele sabe onde um porquinho assustado procuraria abrigo. Ele respira o ar frio da noite e inclina a cabeça para trás, para olhar o céu. É vasto e claro, emoldurado pelos galhos de ciprestes que se estendem para embalá-lo.

Ele tira os óculos de visão noturna do bolso e permite que sua vista se adapte. Ele também aprendeu com o pai a usar equipamentos de imagens térmicas para perseguir predadores alfa que também se deleitam à noite, assim que o último raio de sol desaparece no horizonte. Seu mundo é verde e focado agora. Uma parede de árvores se estende diante dele, pontuada por pequenas áreas pantanosas e formações rochosas naturais.

— Tara! — ele grita, estilhaçando o silêncio. — Eu consigo ver tudo, Tara. Se tentar fugir de novo, vou atirar em você.

Ele está mentindo. Não há armas nesta mata. Ele diz isso para aumentar o pânico dela. Ele está acelerando a resposta dela ao medo, armando fortemente sua amígdala para soar o alarme de que algo ameaçador se aproxima. Ele só tem que esperar alguns segundos antes que o hipotálamo dela acione o sistema nervoso simpático para revelar seu esconderijo. O coração dela bate mais rápido agora, os pulmões se abrem para puxar o máximo possível de oxigênio, aumentando seu estado de alerta e criando mais barulho quando sua respiração acelera. Ele se concentra naquela respiração agora. E começa a segui-la. Ele a imagina agachada na mata enlameada, tentando ignorar as criaturas que sobem por suas pernas desnudas sem serem convidadas. Deve ser uma tortura para uma garota como ela. Ela foi completamente arrancada de seu elemento natural e totalmente imersa no dele.

Ele olha ao redor com os óculos. Tudo em sua vista tem um tom verde doentio, mas para Tara é tão escuro quanto o interior do capuz de um carrasco. Ele se move, atraído pela respiração dela, que fica cada vez mais engasgada e frenética. Ela o escuta seguindo em sua direção, mas não consegue vê-lo, não importa o quanto tente focar. Ela pode sentir o medo tomando conta de seu corpo como se substituísse o sangue em suas veias.

Ele a ouve tropeçar entre os galhos e o mato baixo e para momentaneamente para escutar. O pântano fará o melhor possível para ajudá-lo, mas tentará com mais afinco ainda prendê-la. Ela corre na direção do caminho de terra por onde vieram, espalhando água quando seus pés acertam a terra encharcada. Ela não tem ideia de que está correndo mais para o fundo de sua gaiola.

Ele corre na direção dela agora, irrompendo da cobertura das árvores no espaço aberto do caminho de terra. Ela o ouve e se vira para digerir o pouco que a luz da lua revela. Seu rosto se ilumina, aterrorizado. Jeremy dá um sorriso de orelha a orelha, seguindo na direção dela com a faca desembainhada. E Tara, agora exposta, grita enquanto começa uma corrida desajeitada. É como se ela estivesse correndo pela areia. Ele aproveita a oportunidade para pegar duas pedras do tamanho de bolas de tênis do chão.

— Se abaixe! — ele grita, assustando-a o suficiente para que ela pare e cubra a cabeça instintivamente.

Ele joga uma das pedras com o máximo de força que consegue. Acerta a parte de trás da perna dela, fazendo-a cair de joelhos de um jeito não natural. Ela grita de dor e choque, tentando freneticamente alcançar a fonte do golpe. Ele joga a segunda pedra, que ricocheteia no crânio dela com um estalo doentio. Ela cai no chão, agora agarrando a cabeça.

— Pare! Por favor, pare! — ela grita.

Mas ele não para. Ele caminha lentamente na direção do corpo ferido dela, no meio da estrada. Quando ele se abaixa ao seu lado, ela tenta bater nele sem acertar. Ele a segura pelo pulso, erguendo a mão dela até a faca que está segurando. Ele sente a pulsação da mulher acelerar sob seus dedos, e então passa a lâmina pela palma da mão dela. Ela grita, tentando puxar a mão com toda a força que tem. Quando os gritos dela se tornam soluços, ele sorri. Ele está no controle novamente.

— Tem alguém aí? — uma voz masculina ecoa na noite, chamando a atenção de Jeremy. Luzes de lanternas aparecem na outra ponta do caminho de terra.

— Está machucada? — uma segunda voz chama.

Jeremy consegue ver as silhuetas de dois homens entrando no caminho. Ele coloca a mão sobre a boca de Tara antes que ela consiga gritar por socorro, mas o pânico começa a percorrer suas veias. Eles ouviram Tara. Ele não explorou o local com antecedência esta noite. Agiu por impulso, e não considerou a possibilidade de caçadores usarem exatamente as mesmas localidades escondidas que ele costumava ocupar com o pai.

— Não estamos aqui para te machucar. Vamos conseguir ajuda para você — o primeiro homem continua, gentilmente, virando o feixe de luz de sua lanterna na direção deles.

Os olhos de Tara estão arregalados, gritando em silêncio para esses homens, mas eles ainda não conseguem vê-la.

Uma pontada de frustração percorre o peito de Jeremy enquanto ele avalia suas opções. No fim, só há um caminho a ser seguido.

Ainda abafando a boca de Tara com uma mão, Jeremy ergue o queixo dela para obrigá-la a olhar para ele. Ele aproveita um segundo final para saborear o momento em que seus olhos se encontram antes de ouvir seus pretensos salvadores se aproximarem. Rapidamente passa a faca de caça pelo pescoço dela, cortando fundo, de orelha a orelha. Assim que a lâmina se liberta da carne, ele a solta no chão e sai correndo. Ela engasga e gorgoleja atrás dele, e os homens correm na direção do som. Respirações profundas e desconexas saem de sua laringe destroçada quando eles chegam ao seu lado. O ferimento percorre toda a largura de seu pescoço, e é profundo. Eles gritam ordens uns para os outros, um deles chama uma ambulância e o outro tenta freneticamente conter o sangramento.

Não adianta muito. Jeremy tem certeza de que cortou a artéria carótida. Ela estará morta em minutos, enquanto o corpo bombeia sua força vital pelo ferimento, direto na terra.

Jeremy corre sem parar, enquanto o caos se desenrola atrás dele, impulsionando-se cada vez mais longe a cada salto. Ele entra no carro e apaga os faróis antes de partir em uma nuvem de poeira e cascalho. Usa os óculos de visão noturna para guiar seu caminho de volta para a estrada principal. Nenhum carro o segue. Os homens estão ocupados demais tentando salvar a mulher a segundos da morte.

Jeremy dirige sem parar, acendendo os faróis e tirando os óculos quando deixa um bom espaço entre eles. Abre o porta-luvas, onde está seu celular, e seleciona uma playlist aleatória. "Pretty When You Cry", do VAST, toca alto, e ele respira fundo para se acalmar. Hoje foi um dia ruim. Em seu cérebro, ele sabe que devia ter ficado em casa. Devia ter lidado com as repercussões de seu último erro de cálculo antes de colocar mais uma confusão na lista.

Ele tem certeza de que Tara vai morrer. Mas a execução descuidada o incomoda. Ele mergulhou na água sem nem mesmo calcular a profundidade. Foi tolo e impetuoso. Agiu com os instintos animais e ignorou seu cérebro brilhante. Sem um pensamento sequer, ele desvia o carro até o acostamento de uma estrada escura e para, enquanto a poeira rodopia nas luzes dos faróis. Ele bate o punho no volante, gemendo para a superfície de vinil como se houvesse um tesouro trancado lá dentro. Quando sua mão começa a latejar e a respiração fica pesada, ele se recosta em seu banco e grita. Todo o seu estresse e frustração, toda a sua insatisfação e fome, explodem em um grito primitivo ao lado da estrada de terra escura no pântano da Louisiana. Lágrimas escorrem por seu rosto, e ele as deixa esfriar suas bochechas quentes e cobertas de terra.

Seu peito arfa quando ele retorna com o carro para a estrada e dispara na direção de casa. Ele aumenta o volume da música ao máximo, esperando que ela possa afogar seus pensamentos. A barreira de som só aumenta a raiva que ele não consegue mais controlar. Enquanto acelera pela estrada, ele sabe que seus dias neste lugar estão contados.

CAPÍTULO 28

O TELEFONE DE LEROUX VIBRA EM SEU BOLSO, E ELE LEVA um instante para atender.

— Leroux — responde ele, e dá um toque na tela para colocar a ligação no viva voz.

— É o Will. Está me ouvindo?

— Sim. O que você precisa?

— Temos mais uma vítima.

Will despeja a informação como se fosse um tijolo. Leroux estremece, e o coração de Wren afunda com o dele. Ela esfrega as mãos no rosto.

— Ah, meu Deus — ela sussurra.

— Onde?

— Ela foi encontrada em uma área de caça na estrada de terra do pântano. Mas, Leroux, ela está viva e consciente.

Leroux arregala os olhos.

— Ela consegue falar? — ele pergunta, incrédulo.

— Não exatamente. Ela está viva, mas não consegue falar.

— Que diabos isso quer dizer?

— Só me encontre no Centro Médico Universitário. Eu te conto a história inteira assim que você estiver aqui.

A linha fica muda.

— Eu também vou — declara Wren. Ela se vira e começa a lavar as mãos na pia.

Leroux abre a boca para falar, mas a fecha de novo, observando-a.

— Me poupe da sua preocupação. Eu agradeço por ela, mas preciso ouvir o que esta mulher tem a dizer com meus próprios ouvidos. Sou parte disso.

Ela seca as mãos e olha fixamente para ele. Leroux deixa o silêncio pender entre eles por um instante a mais antes de gesticular com a cabeça na direção da imponente porta de metal.

— Vamos.

* * *

Will está parado do lado de fora, conversando com um médico, quando eles chegam ao Centro Médico Universitário. Leroux se aproxima deles, sem se preocupar com apresentações.

— Então, o que aconteceu? — ele pergunta, interrompendo a conversa no meio da frase.

— Dr. Gibbons, estes são o detetive John Leroux e a dra. Wren Muller.

O dr. Gibbons estende a mão para Wren primeiro. Ela o cumprimenta e sorri do melhor jeito que pode.

— Já nos conhecemos. É um prazer vê-lo novamente, dr. Gibbons.

— É sempre um prazer, dra. Muller. E é um prazer conhecê-lo, detetive.

— Sim, igualmente. Então, como estão as coisas? — Leroux pressiona, ainda segurando com firmeza a mão do médico.

O médico coloca uma mão gentil no braço de Leroux e declara:

— Agora que estamos todos aqui, podemos discutir isso juntos lá dentro.

Ele aponta para o edifício atrás de si, e os quatro entram juntos. Ele os leva até uma pequena sala com algumas cadeiras e uma mesa comprida. É um lugar feito para garantir um espaço mais privativo para as famílias aguardarem e receberem notícias, longe da área de espera principal. Will e Wren se sentam diante do dr. Gibbons, mas Leroux permanece em pé, esfregando as mãos uma na outra.

— Fale — ele ordena assim que a porta se fecha.

Will abre um bloco de anotações, recostando-se e lendo-o como se fosse uma lista de compras.

— Tara Kelley. Branca, mulher, vinte e nove anos; encontrada por dois caçadores no Elmwood Park, no fim da estrada de terra do pântano. Os rapazes reportaram terem ouvido gritos e barulho. Quando correram até ela, a mulher estava segurando a garganta, que tinha sofrido um corte profundo momentos antes.

Leroux o interrompe, inclinando-se sobre a mesa.

— Foi ele? — pergunta, zangado.

— É possível. Ainda que seja chocante que ele tenha ficado tão descuidado agora. Realmente não encaixa no *modus operandi* desse cara. Mas eu suponho que aconteça com todos esses babacas, quanto mais tempo eles ficam soltos por aí.

O dr. Gibbons fica quieto enquanto Leroux e seu parceiro lançam perguntas e respostas de um lado para o outro. Os lábios dele estão apertados em uma linha fina enquanto ele espera para falar.

Leroux balança a cabeça, dando um tapa na mesa.

— Maldição! Mas ela vai ficar bem, não vai? — Leroux pergunta, passando os olhos de Will para o médico agora.

Wren já sabe a resposta, mas fica quieta, tentando se afastar da situação e permanecer profissional.

O dr. Gibbons limpa a garganta e responde:

— A resposta curta é sim, ela está estável. O ferimento foi substancial, indo de orelha a orelha. O atacante provavelmente pretendia cortar a artéria carótida, mas, em vez disso, talvez em um momento de pressa, apenas a machucou de leve. Ela sofreu uma perda de sangue considerável, mas, graças aos homens que a encontraram, o sangramento foi controlado até um ponto com o qual nós conseguimos lidar. Ela saiu da cirurgia há uma hora.

Os olhos do dr. Gibbons refletem a exaustão de Leroux.

— Quando eu vou poder falar com ela? — Leroux pergunta, sem dar margem a questionamentos.

— Bem, ela não consegue vocalizar agora. O agressor conseguiu cortar um dos nervos laríngeos e danificou as cordas vocais. Ela não vai conseguir falar enquanto estiver se recuperando da cirurgia. — O dr. Gibbons para um momento para pegar um pedaço de papel da pasta diante dele, empurrando-o pela mesa na direção de Leroux e Will. — Os paramédicos que a trouxeram disseram que ela tentava dizer alguma coisa para eles freneticamente, então eles deram este pedaço de papel para que ela pudesse escrever.

A página de caderno arrancada está manchada de sangue. Escrito com caneta azul, com uns rabiscos que quase não dá para entender, é possível ler "Jeremy".

Wren sente que sua respiração fica mais rápida e mais superficial. O choque irradia por seu sistema como eletricidade. Ainda que ela já soubesse onde esse caminho podia dar, ainda não consegue acreditar completamente que esse homem vem circulando pela Louisiana durante todo esse tempo. Quer dizer, até que ela vê o nome dele escrito a tinta por uma mulher que sangrava.

— Eu devia conhecer um Jeremy? — Will questiona, lutando para entender.

O dr. Gibbons pigarreia novamente.

— A polícia que chegou na cena do crime recolheu alguns itens da área ao redor do corpo, incluindo um recibo de onde ela esteve mais cedo naquela mesma noite. Vou pedir para alguém trazer para vocês antes de irem embora. Boa sorte, cavalheiros. Dra. Muller. — Ele acena com a cabeça e se dirige para a porta.

— Obrigado, dr. Gibbons — Leroux quase grita.

— Leroux, quem é Jeremy? O que está acontecendo aqui? — Will pergunta novamente.

— Eu explico tudo mais tarde — diz ele baixinho, olhando de soslaio para Wren.

Will está a ponto de protestar quando alguém bate gentilmente na porta. Leroux atravessa a sala para abri-la, e do lado de fora está um jovem funcionário do hospital segurando uma sacola diante do corpo.

— Detetive Leroux? — ele pergunta.

Leroux mostra sua identificação e distintivo e pega a sacola de suas mãos. Ele imediatamente procura o recibo e o encontra dentro de um saquinho. É do O'Grady' Pub, e tem marcado o horário de uma e vinte e dois da madrugada. O número de cartão de crédito está ligado ao nome de Tara Kelley e mostra que ela consumiu pelo menos dois cosmopolitans e uma porção de fritas naquela noite. Ele olha para seu relógio.

Will faz um gesto na direção do recibo, e Leroux o entrega, depois de ligar para o número do bar. Consegue uma resposta da secretária eletrônica que diz que só vai ter gente lá depois do meio-dia.

— Aqui é o detetive John Leroux, do Departamento de Polícia de Nova Orleans. Por favor, retornem a ligação assim que receberem esta mensagem. Obrigado.

— Ninguém lá? — pergunta Will.

— Estou esperando que o Cormier me mande informações sobre o dono agora. Nós podemos ir falar diretamente com ele. Eu quero descobrir se mais alguém viu a Tara com o nosso cara a noite passada.

Will solta uma lufada de ar.

— Wren, você vem conosco?

Wren olha para Leroux, questionando-o em silêncio.

— Se estiver a fim — Leroux concede. Seu celular toca, e ele olha para o endereço e o número de telefone que aparecem em sua tela. — Vamos fazer uma visita para Ray Singer.

Juntos, os três deixam a sala pelo mesmo caminho por onde vieram. O sol brilha alto, e duas ou três vans da imprensa estão estacionadas do lado de fora. A última vítima é uma notícia e tanto, e aparentemente se espalhou rápido. Wren observa a cena antes de se sentar no banco do passageiro do carro de Leroux. Jeremy ainda está lá fora, fazendo a mesma coisa que fez com ela tantos anos atrás. Mas, desta vez, ela vai detê-lo para sempre.

CAPÍTULO 29

JEREMY DESPERTA DE UM SONO AGITADO. É DOMINGO, O DIA que o mundo em geral reserva para descansar, mas o descanso simplesmente não chega. A noite anterior ainda pesa em sua mente. Ele se sente inseguro. É um sentimento que não tinha precisado confrontar há muito tempo, e recentemente tem sido quase constante. Ele liga a televisão, imaginando que, a esta altura, Tara estará em todos os jornais. Ele devia se sentir triunfante, mas o grau de desleixo tira seu orgulho. Assim que a reportagem começa, ele sente o coração parar.

— A vítima, Tara Kelley, de vinte e nove anos, foi levada para o Centro Médico Universitário, onde permanece em condições críticas — o âncora do jornal lê como se fosse uma nota de rodapé, e não o golpe mais esmagador que Jeremy já sentiu. — Podemos ter um potencial serial killer em nossas mãos? — ele pergunta, quase salivando com a chance de reportar outra morte.

É nojento, realmente, o jeito como essas pessoas praticamente têm uma ereção por causa de um assassino. Claro, é da natureza humana ser curioso, explorar, cutucar as partes sombrias da nossa psique. Na verdade, quem é ele para julgar? Mas algo no jeito como esses jornalistas leem essas notícias, com sorrisos mal controlados, lhe cai mal. A repórter na tela diz que a vítima conseguiu dar informações pertinentes para a polícia. Ele paralisa, esperando mais, mas ela para por aí, garantindo que atualizações serão feitas assim que mais notícias estiverem disponíveis.

Ele engole em seco. Outra merda.

Emma estava morta. A cicuta protegera seus segredos atrás de muros impenetráveis. Mas Tara é diferente. Pegá-la foi impulsivo e imprudente. Em sua pressa para sentir alguma coisa, ele não a trouxera para a segurança de seu próprio lar ou sequer se incomodara em explorar a área com antecedência. Ele simplesmente presumira que o Elmwood Park estivesse abandonado por ser onde ele caçava com o pai quando era criança.

— Como ela sobreviveu? — ele pergunta para si mesmo em voz alta.

Ele sabe que passou a lâmina pelos pontos corretos. É uma coisa que nunca erra. Ele sente o fracasso de ter errado o alvo novamente. Errar uma artéria principal é só mais um lembrete do grave erro que levou à fuga de Emily, todos aqueles anos antes. Ambas deviam ter sido deixadas para apodrecer no calor do dia, sem serem descobertas até que fosse tarde demais.

— Merda! — ele grita, jogando a colher na pia com um baque.

Ele se recosta no balcão e olha para sua casa. Não consegue pensar em um jeito de se livrar dessa, e a sensação é desconhecida. Ele pode fugir. Pode se mudar para outro lugar, onde seus movimentos não serão tão notados. É a única escolha que resta, na verdade, mas primeiro ele quer deixar Louisiana de joelhos.

Ele desce a escada frágil, passando a ponta dos dedos pela rocha exposta nas paredes. O porão antigo foi reformado e ganhou um piso de cimento para ficar mais funcional, mas os ossos do antigo porão de terra permanecem. Seu pai nunca se incomodou em tornar o porão útil. Usava o espaço como depósito, mas fazia todo o seu trabalho lá fora. Quando sua mãe morreu, Jeremy o transformou em sua oficina. Era um espaço decente que fora negligenciado tempo demais.

Ele sabe que esta pode ser a última vez que sente essas paredes, a última vez que ouve a escada estalar e ranger sob seus pés. Ele demora um tempo. Recolhe recordações cada vez que pisca os olhos. Ele nunca consertou aquela lâmpada no canto. Está piscando há meses. No início, simplesmente esqueceu de trocar, sem dúvida distraído pelos prazeres que aguardavam sua chegada lá embaixo. Depois de um tempo, passou a apreciar o brilho fantasmagórico da lâmpada moribunda. Fazia o porão parecer mais assustador, como o laboratório de um cientista louco ou a oficina de Leatherface.[*] Mas ele não precisaria mais do ambiente sombrio. Ao chegar ao último degrau, ele pega uma lâmpada nova da caixa na prateleira à direita. Alcança a lâmpada defeituosa com facilidade no canto e a substitui pela nova.

Consertado.

---

[*] Leatherface é o vilão do filme *O massacre da serra elétrica* (1974). Sob uma máscara feita de pele humana, usa uma motosserra para aterrorizar suas vítimas.

A luz estável muda as coisas. Sem o efeito estroboscópico, tudo se suaviza. Ele deixa seu olhar vagar ao redor, desejando ter mais tempo.

Não vai demorar muito até que este lugar seja destruído. Em breve tudo será reduzido a sacos para coleta de evidências e fita para isolar a área. De algum modo, sua situação atual fica ainda pior por saber que foi uma mulher rebelde que derrubou seu castelo de cartas.

Se é assim que sua história vai se desenrolar, ele vai controlar tudo o que puder. Destranca o freezer antigo colocado organizadamente perto da parede e digita o número no painel digital. A trava se abre com um barulho audível, atravessando o zumbido suave do ar-condicionado. Ele passa a mão na tampa. É fria ao toque, e ele tamborila com os dedos na superfície suave. Quando abre o freezer, o selo a vácuo se rompe. Isso o faz se lembrar dos pulmões privados de ar por um tempo quase excessivo. Uma rajada de ar frio o atinge em uma onda enquanto ele olha para ela. Está queimada pelo frio. Sua pele parece gelo, suave e gélida. Sangue seco ainda suja seu rosto. Depois de semanas no freezer, secou e agora mancha sua pele. Parece bonito de um jeito estranho, como um blush macabro.

Se ele a virasse, poderia tocar o ferimento cuidadosamente enfaixado na região lombar. Ele acertou daquela vez. Com esse experimento, conseguiu cortar com sucesso a espinha dorsal na vértebra C6. Imediatamente, sua cativa perdeu os movimentos das pernas, do tronco e dos braços. Era isso o que devia ter acontecido sete anos atrás, mas desde então ele aprendeu com sua tentativa frustrada, se aperfeiçoou.

É mais fácil trabalhar com uma vítima incapacitada, apesar de menos desafiador; perfeito para um teste de proeza científica em vez de resistência atlética. Ele sempre quisera tentar fazer uma lobotomia, desde aqueles primeiros dias na biblioteca. Ela sangrara mais do que o esperado quando ele inseriu o picador de gelo em seu encaixe orbital. Sua tentativa inicial de lobotomia pré-frontal não saiu como planejado. Mas o pai da lobotomia com picador de gelo também teve seus fracassos. Na verdade, ele não tinha antecipado como seria difícil colocar o picador de gelo na posição correta. Embora soubesse que havia cometido um erro, mesmo assim prosseguiu para o passo seguinte, mexendo o picador, e foi isso que realmente acabou com as coisas para ela. Ela tremeu e convulsionou. Seus olhos se esbugalharam, e ela ficou tão tensa que ele tinha quase certeza de que ela apagaria. A dor era evidente em seu rosto. Ele ainda podia ver os músculos dela se contraindo por reflexo ao redor do pescoço e da mandíbula. Ela teria rangido os dentes até transformá-los em pó se ele não tivesse colocado uma mordaça em sua boca. O sangue escorreu de seu nariz como uma jarra de leite vazando e se acumulou logo abaixo.

Parece batom agora.

Ele toca a pele desidratada com os dedos e se delicia com a sensação. O sangue vermelho-vivo brilhou em seus lábios e dentes naquela ocasião, reluzente e convidativo. Agora parece a superfície rachada do deserto mais seco. A mordaça ainda está entre os dentes dela, endurecida pelo frio. Na época ele achou que era apenas um pouco de prática, mas agora o sofrimento dela teria um propósito maior.

Ele desliga o freezer, deixando a tampa aberta. Quando eles chegarem, vão sentir primeiro o cheiro dela. Ele destranca o armário para revelar suas ferramentas e armamento mais pesado. Sua preferência sempre foi por caçar de perto. Mesmo quando era mais jovem, gostava de cutucar um porco com uma faca afiada, mais do que de atirar de longe. Às vezes, porém, a situação exige distância.

Se ele vai caçar animais grandes, é hora de usar as armas grandes.

Ele pega sua besta TenPoint e uma aljava cheia de flechas mecânicas de titânio com cabeça larga. Quando lançadas, duas lâminas se abrem nas laterais de cada flecha, resultando em um ferimento de cinco centímetros no alvo. Dano máximo, sem adicionar volume. Ele será capaz de se mover com facilidade e rapidez, o que é vital para seus planos. Afinal, esta é a primeira vez que sua presa será capaz de atirar de volta.

CAPÍTULO 30

Chegando ao endereço de Ray Singer, Leroux vê Will recostado em seu carro estacionado. Ele estaciona atrás dele, na frente da casa, e desce.

— Vou ficar aqui um pouquinho — diz Wren pela janela aberta. — Só preciso de um minuto para processar tudo isso sozinha.

Leroux concorda com um gesto de cabeça.

— Ok, nós não vamos demorar. Não encoste no meu rádio.

Ele joga as chaves para ela, e ela lhe dá um sorrisinho enquanto liga o motor.

— John, por que você sempre me faz esperar? — Will acena dramaticamente com o braço, e Leroux revira os olhos.

— Se recomponha, Broussard.

Ele arruma a camisa dentro da calça e segue em direção à casa. Eles sobem os degraus e tocam a campainha. Um homem desgrenhado de meia-idade atende a porta. Mesmo da distância segura em que está no carro, Wren consegue ouvir tudo com total clareza.

— Como posso ajudá-los? — ele pergunta, abrindo a porta e se inclinando para fora.

Will fala primeiro, mostrando sua identificação.

— Departamento de Polícia de Nova Orleans. Sou o detetive Broussard, e este é o detetive Leroux. Você é Ray Singer?

Ray parece estressado.

— Sim. Do que se trata?

Will prossegue.

— Nós estamos investigando um ataque quase fatal que ocorreu na área na noite passada. A vítima foi vista pela última vez no seu bar.

— Jesus. É aquela mulher que apareceu no noticiário? — ele pergunta, arregalando os olhos.

Leroux confirma com a cabeça.

— Nós precisamos falar com os bartenders e com qualquer garçom que tenha trabalhado esta noite. Pode nos fornecer os nomes e os contatos dessas pessoas?

Ray se inclina no batente, passando a mão pelo cabelo castanho despenteado.

— Espere, o Carniceiro esteve no meu bar? É isso o que vocês estão me dizendo? Puta merda.

Leroux ergue a mão e o interrompe.

— Nós só precisamos que os garçons e bartenders nos digam se viram alguma coisa fora do comum ontem à noite.

— É claro. Certo. Estou indo para lá agora, para abrir o bar, e uma parte da equipe que trabalhou ontem também vai estar lá. Vocês podem me acompanhar, se quiserem.

— Ótimo, vamos fazer isso.

Will dá um aceno curto de cabeça para Ray, e os três homens seguem para seus veículos.

O telefone de Leroux toca.

— Leroux — ele responde, parando na porta do carro antes de se acomodar no banco do motorista.

— Ei. Nós temos uma pessoa aqui que acha que pode ter alguma informação sobre a vítima do Elmwood Park. Ele estava no bar ontem.

— Estou indo agora mesmo. — Ele desliga, olhando para Will. — Possível testemunha na delegacia. Tenho que ir para lá agora. Você pode cuidar disso?

— Pode deixar — ele responde, de bom humor.

— Ligue para a delegacia. Eles podem te passar o resto dos detalhes.

— Sim, vá em frente! Depois me conte se alguma coisa saiu disso.

Leroux volta sua atenção para Wren. Ele mantém uma expressão suave, como se ela fosse um pedaço de vidro que ele não quer quebrar.

— Me leve para casa, John — pede Wren baixinho, e olha pela janela, sentindo de repente o peso do dia despencar sobre si.

— É claro — Leroux diz, virando o carro naquela direção.

O ar entre eles é pesado. Nenhum dos dois está disposto a discutir qualquer informação que descobriram hoje. Wren coloca a mão para fora da janela e a deixa ondular no ar morno que a acerta enquanto seguem seu caminho.

CAPÍTULO 31

JEREMY A OBSERVA.

Parado no mar de escuridão profunda que inunda a linha das árvores nos limites da propriedade dela, ele rastreia seus movimentos pela janela de casa. Ele a conhece bem o bastante para antecipar cada luz que ela acende, mesmo a esta hora da noite. Emily não tem medo de muita coisa, mas sempre foi cautelosa com o que a aguarda na escuridão. Mesmo parado no breu total, ele está ciente desse fato, e se certifica de permanecer escondido atrás dos galhos, mantendo-se a meio caminho atrás de uma árvore imensa. Ele conhece a rotina dela agora. Sabe onde ela se senta para relaxar depois de um longo dia. Ele vem observando-a há muito tempo.

Ele espera.

Jeremy permanece totalmente imóvel e ouve o coro de insetos noturnos e invisíveis que zumbem por todos os lados.

Ele pensa em como é interessante que, na calada da noite, os humanos sejam biologicamente programados para detectar cada ruído que parece fora de lugar, mesmo entre os sons ensurdecedores que o ambiente ao redor faz normalmente. Se ele tossisse, por exemplo, isso seria notado. Mesmo assim, a floresta pode gritar a noite inteira, sem qualquer consequência.

Até esta noite, ele apenas a observou e deixou pequenas pistas de longe.

Ele a observa verificar duas vezes as travas de todas as janelas e portas. Ela nunca vai dormir sem se certificar de que tudo esteja trancado e em segurança durante a noite.

Ela é minuciosa e inteligente, mas, durante sua vigilância, ele descobriu que ainda há um jeito de penetrar em sua fortaleza que ela sempre falha em proteger. O porão da casa ainda está inacabado e, por isso, é inteiramente negligenciado por ela. Ela e o marido tiveram o cuidado de instalar uma trava impressionante na porta maciça que leva do jardim ao portão, mas ainda não instalaram uma na porta que leva do porão até a casa. Afinal, desde que ninguém consiga entrar no porão, não é necessário se preocupar que alguém vá entrar na casa a partir daquele ponto.

Jeremy só notou três janelas que levam ao porão. Duas delas são pequenas demais para alguém maior que um bebê de colo entrar. Mas ele está interessado em invadir pela terceira janela esta noite – ela é maior e se abre da forma convencional. É equipada com uma tranca, que está claramente quebrada. Quando percebeu isso durante uma de suas primeiras visitas noturnas, ele imediatamente ficou desconfiado. Simplesmente não parece ser da natureza de Emily deixar uma janela destrancada. É incrivelmente irresponsável largar uma trava quebrada sem consertar. Esta casa tem sorte de ter permanecido inviolada até este ponto.

Quando tentou abri-la, ele confirmou que estava simplesmente presa pelas camadas de tinta. Esse pequeno detalhe o fez presumir que o porão devia ser responsabilidade do marido de Emily, e ela provavelmente confiou que ele tinha tomado as providências suficientes para a proteção do espaço. Estupidamente, ele deve ter presumido que uma trava quebrada não precisava ser trocada se a janela em si havia sido pintada muito antes que eles se mudassem.

Emily olha pela janela da cozinha. Ela tem uma expressão confusa no rosto. Parece estar perdida em pensamentos. Antes de sair de sua vista, há um momento no qual quase parece que ela pode vê-lo. Ele sente os olhos dela encontrarem os dele por um segundo. Claro que isso não acontece, na verdade. A luz atrás dela garante isso.

Jeremy observa a luz ser apagada, mas não se mexe. Vai permanecer escondido durante mais algum tempo, para ter certeza de que há tempo suficiente para que Emily e o marido caiam em um sono profundo. Ele não se importa em esperar. Uma das qualidades que sempre lhe serviram melhor foi a paciência extraordinária, algo que ele andou negligenciando recentemente, e em seu próprio prejuízo. Ele não vai cometer esse erro esta noite. Vai se controlar e deixar que o tempo lhe permita agir em segurança. Duas horas e meia passam em um piscar de olhos. Com uma lufada de ar. E um instante, se ele quiser que seja assim.

Ele abre caminho pela pesada escuridão até a janela insegura do porão. O antigo lacre de tinta é a única coisa que o impede de entrar no espaço de Emily. O único jeito de rompê-lo é com uma lâmina. Jeremy está preparado. Ele pega a faca de sua bota e a passa de leve ao longo do parapeito. A tinta velha e amarelada racha como uma casca de ovo sob a lâmina recém-afiada. Décadas de pedacinhos de chumbo venenoso voam no ar e flutuam até chegarem à grama aos seus pés. Ele se pergunta quando foi a última vez que esta janela foi aberta e quem a pintou desse jeito, para começar. O tipo de pessoa que pinta uma janela para mantê-la fechada é o tipo de pessoa que procura atalhos. Por que alguém escolheria ter um desempenho inferior? A sociedade sempre gerou esse tipo de mediocridade.

Jeremy está feliz em ver o fim do reinado da segurança enganosa dessa janela. Em algum momento a negligência leva à vulnerabilidade, e ninguém é mais vulnerável do que alguém que está dormindo em sua cama. Assim que o lacre é cortado, ele tira a chave de fenda do bolso e a enfia entre a janela e o parapeito. Usando o cabo da faca, ele bate até que a janela se erga um pouco. Pó e tinta rodopiam na escuridão enquanto a janela respira pela primeira vez o ar da Louisiana. Ele passa pela nova abertura e pisa em uma bancada empoeirada que abriga um soprador de folhas, juntamente com uma miscelânea de ferramentas de jardim. Depois de se equilibrar na superfície instável, ele aterrissa no chão e espera que seus olhos se ajustem à escuridão que alcança todos os cantos do aposento.

A escada é antiga, e os degraus rangem baixinho enquanto Jeremy sobe até o térreo. Abrindo a porta da cozinha, ele nota que uma das luzes foi deixada acesa. Ela ilumina o canto onde está a lixeira, e ele se pergunta se já houve algum momento em que alguém precisou desesperadamente de uma lixeira na escuridão.

Ele se move devagar, antecipando os rangidos das tábuas no chão, que sempre acontecem nas casas antigas. Deixando a cozinha, entra na sala onde vê Emily se sentar na maior parte das noites. Ele passa os dedos enluvados pela cômoda antiga que se estende pela parede à direita. É velha e parece pertencer a esta casa. Há uma miríade de miudezas peculiares em exibição em cima dela, como se fossem troféus. Ele abre uma gaveta, e a encontra cheia de uma variedade de balas de menta. O conteúdo surpreendente força uma risada rápida dele, e ele balança a cabeça enquanto a fecha novamente.

Ele percebe partes dela espalhadas por todas as superfícies visíveis. Está claro para qualquer um que entre nesta casa que Emily larga objetos conforme se move pelos cômodos – um anel nesta mesa, uma pulseira naquela outra. Ela deixa uma trilha de migalhas de pão que levam até sua cama. Nenhum dos pedaços que ele vê é especial. Nenhum deles é o item do qual ele precisa. Ele segue em frente, sabendo que o que está procurando chamará sua atenção quando o encontrar.

Ele para ao pé da escada e encara o alto na escuridão, permitindo que seus olhos se ajustem mais uma vez ao breu que vem do corredor do andar de cima. Pisa no primeiro degrau e pressiona o ombro na parede enquanto sobe. Não é possível que essa escada seja silenciosa. Ele coloca os pés com cuidado, assegurando-se de dar cada passo como se fosse uma lenta coreografia. As escadas de madeira têm o hábito de se expandir e se contrair com as mudanças climáticas. Com isso em mente, ele sabe que colocar o pé no meio da escada certamente vai emitir um som. Com os movimentos de um gato, ele permanece na extremidade próxima à parede. Enquanto sobe, passa por fotos penduradas em molduras desiguais ao longo da escada, e toma cuidado para não atingir nenhuma delas. Quando alcança o último degrau, ele para. A porta à esquerda está fechada, e um ventilador zumbe baixinho do outro lado. É onde Emily está dormindo. Foram necessárias algumas noites para conseguir essa pequena informação, mas sua vigilância valeu a pena quando ela esqueceu de fechar a cortina de seu quarto uma noite. Ele a observou acordar lá pelas três da madrugada e ir ao banheiro, que fica à direita na escada. Quando voltou para o quarto, ela fechou a cortina depois de olhar em silêncio pela janela.

Ele respira fundo, e se aproxima bem devagar da porta, pressionando as mãos no batente de madeira. Ele ouve a respiração suave e ritmada que é quase inaudível sob o som do ventilador, e dá as costas para a porta a fim de deslizar até uma posição sentada no chão. Ele se recosta na porta e inclina a cabeça para o lado, de modo que sua orelha direita fica pressionada na madeira. Ele fica sentado. E escuta.

Outra hora se passa com ele sentado do lado de fora do quarto. Jeremy se sente poderoso. Imagina Emily e o marido acordando brevemente para se virar na cama ou para olhar o relógio, alheios ao fato de que alguém está bem ali, do lado de fora da porta do quarto deles. Ele gosta de como se sente ao violar a sensação de segurança dos dois. Gosta de saber que eles sentem uma falsa segurança em seu estado vulnerável. Que ele poderia matar os dois com um corte de sua lâmina. Claro, ele não pretende matá-los esta noite, ainda que queira. Não é assim que ele está operando desta vez. Chega de ações não planejadas.

Esta noite ele está aqui por outra coisa, que não é sangue. Ele se levanta bem devagar e faz uma pausa para controlar a respiração. Não está nervoso. É uma sensação genuína de excitação que acelera sua respiração. Ele coloca a mão na maçaneta e a gira lentamente. A porta se abre sem som. Emily e o marido estão deitados, imóveis na cama de frente para a entrada e não se mexem nem de leve quando ele avança pelo quarto. Ele caminha devagar, permitindo que seus olhos se ajustem mais uma vez aos tons diferentes da escuridão neste lugar. Vai até o lado esquerdo da cama, se agacha perto de Emily e olha para os objetos em cima de sua mesinha de cabeceira.

Há um anel ao lado de um livro bastante manuseado. É grande, parece caro e é coberto de diamantes. Ela nunca o usa em público. Ele nunca viu nada tão ostentoso em seus dedos delicados. Qualquer um poderia supor que é especial para ela. Ele tem certeza de que é um anel que ela mencionou para ele em uma conversa entre as aulas de tantos anos atrás. Pertencia à avó dela. Ele pega o anel e consegue ver uma leve camada de poeira que marca o lugar em que ele estava. Quer dizer que ele fica na mesinha de cabeceira como um objeto de decoração. Um item reconfortante, e é exatamente o que ele procura. Jeremy coloca o anel no dedo mindinho. Mas, antes de se levantar de sua posição agachada, dá uma última olhada em Emily. Ela está de costas para ele, com um braço sobre o cobertor, o cabelo ruivo caindo no travesseiro ao sair de um coque desarrumado em cima da cabeça. Ela segura um punhado do cobertor na mão direita. Ele consegue sentir o cheiro dela. É um cheiro limpo. Não floral ou específico, mas marcadamente limpo.

Ele poderia terminar tudo agora. Poderia estender a mão e quebrar o pescoço dela sem que ela sequer percebesse que havia alguém ao seu lado. Ele poderia enfiar a chave de fenda em sua têmpora ou cortar sua garganta com a lâmina. Ele poderia extinguir a vida dela em um instante. A sensação é avassaladora por um momento, e quase supera seus planos completamente.

Mas, tão rápido quanto veio, a sensação se vai. Jeremy sabe que não é assim que a história deles termina. Emily não vai dar o último suspiro sem saber que foi ele quem causou isso. Ele se levanta novamente e cruza com cuidado até a porta do outro lado do quarto. Encarando a cama, ele vira a maçaneta e a segura em posição enquanto fecha silenciosamente a porta. Assim que está em segurança do lado de fora do quarto, ele solta a maçaneta bem devagar, até sua posição original, e volta para a escada, preparando-se para descer devagar até o térreo.

Ele sai da casa do mesmo jeito que entrou, e, ao fechar a janela do porão, enche os pulmões com o ar da noite. Tocando o polegar no anel que está em seu mindinho, ele volta para as árvores e desaparece na escuridão.

CAPÍTULO 32

WREN OLHA PARA SEU CELULAR. AS NOTIFICAÇÕES DE mensagens e os alertas de notícias se empilham de um jeito irônico em sua tela inicial. Há uma ligação perdida de Leroux, e uma mensagem enviada logo na sequência, em cima das demais, pedindo para ela retornar a ligação com urgência. Richard aperta o ombro dela em uma pequena demonstração de conforto. Ele se senta diante dela na mesa da cozinha. Seu rosto é gentil. Ela sente empatia por ele e por sua posição nisso. É uma situação impossível de reagir e, de algum modo, ele está fazendo isso com perfeição.

— Você não precisa fazer parte disso, Wren — diz ele depois de um instante ou dois de silêncio compartilhado.

Ela ergue os olhos cansados, a mente atordoada. Os golpes não pararam de vir ao longo das últimas semanas. Depois que Leroux a deixou em casa, ela tentou desesperadamente tirar a mente do caso, porém mais detalhes começaram a vir à superfície. Ela não conseguia tirar da cabeça a imagem das outras vítimas, em especial da pobre Emma, deitada na mesa fria e estéril. E então fez sentido. A cicuta. Uma arma de assassinato tão estranha e única. De fato, tão rara que ela só vira uma vez antes em sua carreira.

— Eu sei. E obrigada por dizer isso, mas eu tenho que contar para os outros o que eu sei — ela responde, brincando com os anéis em seus dedos. — Venho trabalhando neste caso há semanas. E estou vivendo à sombra do Carniceiro há anos. Não importa qual seja a conclusão, eu tenho que ajudar.

Richard concorda com um gesto de cabeça, apoiando os cotovelos na mesa.

— Eu confio em você. Só faça isso no seu ritmo, ok? Ligue para o John quando estiver pronta.

— Eu suponho que não haja momento melhor que o presente — ela responde e se levanta, já começando a caminhar de um lado para o outro enquanto o telefone toca em seu ouvido.

— Muller, oi — responde Leroux depois de dois toques.

— Oi. Antes que você comece, tem uma coisa que eu preciso te contar. Lembra de um caso que eu tive há alguns anos? Uma mulher mais velha que foi levada para o pronto-socorro pelo filho adulto? Ela tinha um histórico de depressão, algumas tentativas de suicídio no passado, e ele disse que achava que ela podia ter ingerido alguma coisa em mais uma tentativa naquela noite. Os médicos relataram que ela teve convulsões significativas e estava com dificuldade para respirar. — Wren se detém, esperando para ouvir se Leroux se lembra dos detalhes do caso. — Ela acabou na minha mão não muito tempo depois de ser levada para o hospital, porque nós descobrimos mais tarde que cicuta tinha sido misturada na taça de vinho tinto que ela bebia todas as noites.

— Cicuta? As pessoas usam essas coisas? — pergunta Leroux. Wren quase pode vê-lo balançar a cabeça, tentando desesperadamente entender a conexão aqui.

Ela continua.

— A pobrezinha quase foi feita em pedaços pelas convulsões musculares. Ela mal durou dez minutos no pronto-socorro, antes de ser levada até mim. Foi uma morte horrível, e, por esse motivo, não era um mecanismo óbvio de suicídio. Mas não havia indícios de que alguém tivesse feito isso.

— Na verdade estou lembrando agora. Uau. Faz quanto tempo? Dois, três anos? Todos nós investigamos, claro, mas, como você disse, não havia nada de concreto no caso.

— Eu só deparei com outra morte por cicuta em todos os meus anos como legista. A mulher que nós encontramos no cemitério.

— Você acha que elas têm uma conexão.

— É ele, John. Eu sei que é.

— Qual era o nome da mulher no outro caso de cicuta?

— Mona. Eu lembro que ela parecia uma Mona. Eu já olhei no sistema. O nome completo dela é Mona Louise Rose. O parente mais próximo listado é Jeremy Calvin Rose.

Leroux suspira do outro lado do telefone. Wren respira fundo e fecha os olhos com força, enquanto continua a andar de um lado para o outro.

— Bem, esse nome não é novo. Nós falamos com Philip Trudeau. Você estava certa, ele é o mesmo cara que você pensou que fosse, e Jeremy Rose foi um nome que ele nos deu.

De repente, Wren sente uma tontura. Sem dúvida, resultado da informação que inunda seu cérebro já sobrecarregado com a falta de sono e uma dieta constante de tranqueiras compradas em máquinas de comida ao longo dos últimos dias.

Leroux domina o silêncio.

— Eu interroguei uma pessoa que estava no bar ontem à noite. Ele viu um cara sair com a vítima. A descrição que ele fez não foi tão útil. Só mencionou que o suspeito sorriu para ele, e, de algum modo, isso ficou marcado na lembrança do homem.

Wren não se surpreende que a testemunha tenha mencionado o sorriso de Cal especificamente. O sorriso dele *era* memorável, em especial porque era levemente torto. Algo naquilo era charmoso e lhe dava um estranho ar de felicidade quando ele o exibia.

— Sim, eu consigo ver alguém se lembrando disso a respeito dele — diz ela baixinho, vendo Richard sentado à mesa, ouvindo com preocupação.

Leroux prossegue:

— Vou continuar com ele e ver se conseguimos uma identificação positiva para Jeremy Rose.

Ele pigarreia, sua voz rouca.

— Vou preparar um mandado para apresentar para um juiz depois que conseguirmos o endereço da propriedade de Rose. Temos que tentar encontrá-lo assim que possível, porque é provável que ele tente fugir. O noticiário está trazendo a merda toda, e com certeza ele sabe que fodeu tudo agora.

— Estou indo pra aí. Quero ir com você quando conseguir o mandado.

Leroux bufa.

— Wren, não. Isso é demais. Você já fez o bastante. Sem você eu não teria tanta informação sobre esse canalha. Você juntou todas as peças. Merece dar um passo atrás.

— Eu agradeço, John. De verdade. Mas vou junto. Como você pode ter certeza de que não vamos encontrar mais corpos nessa propriedade? Nós ainda temos alguns casos abertos de pessoas desaparecidas, e eu não ficaria chocada em descobri-las apodrecendo no pântano dele. Vocês precisam de um legista lá.

— Wren...

Ela o interrompe:

— Além disso, se ele tentar fugir ou se esconder, me ver pode atraí-lo. Afinal, ele se esforçou bastante para chamar a minha atenção. Por que ele iria se esconder de mim agora?

Leroux suspira.

— Não vou te usar como isca, Wren.

— Eu sei. Só preciso estar lá. Me deixe estar lá — ela implora.

Silêncio novamente do outro lado da linha. Depois de xingar baixinho, ele cede.

— Você já é crescidinha. Não posso te impedir de ir quando você tem um motivo válido para isso. Me encontre na delegacia. O Broussard acabou de chegar, então vou pedir o mandado agora.

— Ok, te vejo daqui a pouco.

Ela desliga o celular e olha para Richard. O rosto gentil dele está retorcido de preocupação.

— Não quero que você vá — ele se obriga a dizer.

Ela sabe que os temores dele são válidos. Se a situação fosse inversa, ela não iria querer que ele entrasse nessa também.

— Richard, eu sei que é assustador — ela começa a dizer, cruzando a cozinha para se sentar em uma cadeira ao lado dele.

— Não é assustador, Wren. É aterrorizante. E perigoso demais! Esse cara tentou te matar. Ele tentou acabar com a sua vida, e ele esperou anos para sair do esconderijo e atrair você até ele — Richard exclama, sem fôlego. — Agora você quer ir direto para a casa dele? Isso é insano. É insano, e eu não posso deixar você fazer isso! — A voz dele falha. Ele coloca a mão sobre a boca e balança a cabeça. — Desculpe. Eu não quis dizer isso.

— Eu sei. Eu sei. Mas eu vou estar cercada de policiais. John, Will e um monte de outros oficiais armados vão lá. Pode confiar neles para me manter em segurança, e eu não vou fazer nada que me coloque em perigo.

— Em mais perigo, você quer dizer.

— Vou voltar para casa para você. Eu prometo. É que... Eu preciso terminar isso. Tenho que ver esse homem ser levado algemado, ou nunca mais vou conseguir dormir. Por favor, tente entender isso.

Ela está à beira das lágrimas, o preço do cansaço físico e emocional começando a derrubar as muralhas fortes que ela lutou tanto para manter em pé. Richard abaixa os olhos, recompondo-se por um instante, antes de olhar novamente para ela. Ele pisca rapidamente, controlando as próprias lágrimas. Seus olhos estão vermelhos e temerosos. Ele segura as mãos dela.

— Volte para casa, para mim — implora ele.

Ela aperta a mão dele de volta, inclinando a cabeça para encostar a testa na dele.

— Eu prometo.

CAPÍTULO 33

JEREMY GIRA O ANEL ANTIGO ENTRE OS DEDOS. Enquanto volta para casa, ele controla a respiração e se acalmar. Essa bela e decrépita casa de fazenda tem sido uma extensão dele durante toda a sua vida. Ele cresceu aqui, aprendeu lições aqui e, agora, caça aqui.

Ele ri para si mesmo, guardando o anel no bolso enquanto passa a mão pelo batente esculpido. Por um segundo, não consegue acreditar que tudo está prestes a mudar, que a estrutura construída cuidadosamente dentro da qual ele existe será forçada a mudar. Ele pode sentir algo se inflamar dentro de si. Como uma onda de energia, ele soca instintivamente o mesmo batente de madeira que estava acariciando. Enxerga tudo em vermelho, primeiro os nós dos dedos recém-machucados e sangrando. Eles latejam, e a pele partida se separa cada vez que ele flexiona os dedos. Ele os esfrega preguiçosamente no batente branco, arrastando as pontas dos dedos nas gotas de sangue que caem no chão. Pisca várias vezes, mas continua vendo tudo vermelho. Está em toda parte. Seu maior fracasso o obrigará a sair deste santuário, e ele nunca sentiu uma raiva como esta.

Ela vai pagar.

Jeremy segue até a sala de estar, na frente da casa, e se sente totalmente intoxicado de raiva. Percebe que tem um vaso de cristal antigo nas mãos, vira a peça e sente que, se apertar com força, pode transformá-la em pó. O sangue de seus dedos mancha o vidro verde, e, antes que o vaso escorregue de suas mãos, ele o joga contra a parede, deixando que um rosnado gutural escape de seus lábios. O vaso se estilhaça em um bela e perigosa chuva de cacos. Um mosaico de vidro se espalha aos seus pés.

Ele para, olhando para os pedaços de vidro enquanto a luz dança ao redor deles, refletindo o caos e criando um efeito de prisma. Jeremy fica parado ali, respirando com dificuldade. Foram poucas as vezes em que ele sentiu uma raiva tão animalesca. Ele respira fundo, usando a mão que não está ensanguentada para tirar uma mecha de cabelo loiro da testa e colocá-la no lugar. Então segue até a cozinha e vira a mão cuidadosamente para examinar os nós dos dedos machucados. Abre a torneira na pia e começa a lavar as evidências de seu surto solitário. Quando o sangue passa de vermelho para rosado, misturado com a água que rodopia no ralo, ele olha pela janela na direção da faixa de pântano que parece tocar o outro lado da Terra. Depois do que poderia ter sido um minuto ou uma hora, ele seca as mãos, colocando um curativo nos três nós dos dedos machucados e flexionando os dedos para deixá-los confortáveis.

Ele caminha novamente, indo de cômodo em cômodo da casa e tirando fotos para guardar tudo na memória. Ele usará essas lembranças para prendê-lo a quem ele é. Não tem planos de morrer hoje. Se encontra novamente na sala de estar, onde a evidência de sua raiva permanece. Não limpa nada, preferindo deixar tudo ali como uma mensagem e uma ameaça. Com sorte, vão se perguntar de quem é este sangue, mesmo que seja por um momento. Ele espera que o estilhaçar dos cacos de vidro atrapalhe o ataque bem planejado.

Enfiando a mão no bolso, ele coloca o anel no dedo novamente. Seu olhar vai para a mesinha no meio da sala. Ela é o centro das atenções, e ele coloca o anel em sua superfície, em um lugar que é impossível não ver. Está parado na superfície como um único barco perdido no mar. Ele sorri, dando um passo para trás a fim de apreciar o efeito por si mesmo.

Bem-vinda de volta, Emily.

CAPÍTULO 34

Wren se senta no fundo da sala. A delegacia está uma cena caótica, com policiais recebendo ordens em todas as direções. Leroux e Will entraram no edifício há trinta minutos, com um mandado de busca e apreensão nas mãos. Eles conseguiram uma identificação positiva da testemunha anterior e da bartender que serviu bebidas para Tara.

— Certo, todo mundo sabe o que tem que fazer e onde deve estar? — A voz do tenente ecoa sobre o circo ao redor deles.

Leroux está sentado na cadeira ao lado dela, inclinado para a frente, os braços apoiados nas coxas.

— Você está com seu kit? — ele pergunta abruptamente.

Como se despertada de um sono profundo, ela dá um pulo.

— Sim. Sim, o kit está no meu carro. Por quê?

— Porque você vem comigo. Se tiver corpos para processar, vamos chamar mais técnicos com a van, mas eu quero você no nosso carro. — Antes que ela possa protestar, ele nega com a cabeça. — Eu prometi para o Richard que não ia aceitar as suas merdas. Isso não é negociável.

— Não posso discutir contra isso! — ela diz, levantando as mãos em um gesto de rendição.

Leroux se levanta, estendendo a mão para ajudá-la a ficar em pé.

— Essa é a atitude que eu quero que você tenha mesmo depois que tudo isso terminar.

Ela o empurra com toda a força que lhe resta, e ele finge cambalear.

— Não conte com isso, John.

O banco de trás não é o lugar favorito de Wren. Sempre lhe causa um enjoo quase instantâneo pelo movimento, desde que ela era criança. Hoje não é diferente.

— Não sei dizer se quero vomitar porque você está dirigindo ou se porque nós estamos prestes a emboscar o cara que tentou me caçar no quintal dele — diz ela enquanto baixa o vidro. Ela revira os olhos, deixando a brisa acalmar seu estômago um pouco. — Podem rir, meninos. Por favor, riam.

Leroux e Will soltam uma risadinha.

— Jesus, nunca imaginei que o meu trabalho seria assim — diz Will, secando o olho.

Leroux parece confuso.

— Não? Você nunca se imaginou capturando um serial killer pra lá de produtivo? Não é meio o que a gente faz?

— Bem, sim, é claro. Mas nunca foi tão dramático assim, sabe o que eu quero dizer?

— Sim, acho que você está certo. Essa coisa toda parece muito um episódio de *True Detective*.

Wren dá uma risadinha agora.

— Vocês acham que eu entrei no ramo da morte para ver esse tipo de drama? Quero dizer, sim, sou um clichê por ganhar a vida falando com vítimas de assassinos brutais depois de quase me tornar uma — Wren brinca e esfrega a mão no rosto. — Mas eu escolhi o necrotério por um motivo. É silencioso e controlado.

Eles seguem em um silêncio confortável, avançando pelas estradas isoladas de Jefferson Parish, em direção à região de Montz. Leroux conseguiu encontrar o endereço da propriedade dos Rose com muita facilidade, e agora estão a caminho. A casa fica em uma grande faixa de terra fora dos caminhos mais percorridos, frequentados por aventureiros ao ar livre durante todo o ano. Quando a linha das árvores começa a ficar mais espessa, e as estradas mais esburacadas, ela percebe que estão se aproximando de seu destino. Ela consegue sentir a náusea subir novamente por sua garganta, e então segura a bolsa de material médico e esfrega as alças com os polegares.

Eles entram na longa e sinuosa estrada que leva até o número trinta e cinco de Evangeline Road, e o ar parece ficar mais espesso. Os três, em silêncio, observam os arredores, seguindo os dois outros veículos da polícia que estão diante deles. Sem aviso, a casa aparece. É como uma injeção de adrenalina no peito de Wren. Sua respiração acelera e fica rasa, e o rosto se aquece. Um ataque de pânico está próximo, mas ela consegue usar as técnicas de respiração que aprendeu nas sessões de terapia há muito tempo para se acalmar. Inspira pelo nariz e solta o ar lentamente pela boca.

A casa é tão bem cuidada quanto poderia neste meio de pântano. É antiga, mas o jardim é bem conservado e limpo, com um Nissan Altima aparentemente novo estacionado na garagem. Uma faixa do pântano e dos ciprestes se espalha no fundo da propriedade até onde a vista consegue alcançar.

Deques e passarelas pontilham esparsamente a paisagem, mas a maior parte é intocada e natural. É ao mesmo tempo lindo e aterrorizante, um campo de caça perfeito para um monstro.

Leroux vira o corpo para encará-la no banco de trás, com uma expressão de preocupação no rosto.

— Nós temos muito pântano para percorrer. Você ainda está bem, Muller? — ele pergunta.

Ela confirma com a cabeça, sabendo que não parece bem, e então reafirma:

— Estou bem.

Ele espera um segundo, em busca de hesitação no rosto dela.

— Ok, vamos pedir para uma equipe entrar e limpar a área primeiro. Se o cara estiver aqui, eles vão detê-lo. Vão garantir que não vamos cair em nenhum tipo de emboscada, especialmente com você — Leroux explica e respira fundo. — Não vamos perder você de vista.

— Eu entendo. Eu confio em vocês — diz ela, com gratidão.

Ele assente e se vira para Will, que observa a primeira equipe de policiais cercar a casa. Eles batem na porta da frente e esperam. A ansiedade quase estrangula Wren. Nada acontece. Depois de mais uma ou duas tentativas, eles arrombam a porta. A equipe invade por todos os lados, entrando no imóvel em um frenesi.

Wren fecha os olhos com força. De repente todos os sons parecem abafados e baixos, como se um fone antirruído tivesse sido colocado em sua cabeça. Ela espera por tiros ou uma explosão. Espera que algo terrível aconteça, mas não acontece nada. Só os passos abafados e gritos controlados lá de dentro confirmando que os aposentos estão vazios.

Um jovem policial, vestido com um uniforme tático, aparece na varanda da frente. Ele acena com o braço para Leroux e Will, e grita:

— Ele não está aqui! Tudo limpo!

Eles assentem em resposta e abrem as portas do carro. Leroux ajuda Wren a sair do banco de trás, e ela se vê exposta ao ar opressivamente quente.

— Tem cheiro de morte — diz ela assim que o ar atinge seu nariz.

Leroux enruga o nariz instintivamente.

— Nem brinca. Definitivamente, não está cheirando nada bem.

Wren balança a cabeça e corrige:

— Não, tem cheiro de morte de verdade. Tem um cadáver em algum lugar por aqui.

Ela analisa a área agora. Os três seguem até a varanda da frente, pisando na pintura descascada que mal sobreviveu ao clima severo da Louisiana ao longo das décadas. Eles entram no hall, e o cheiro se intensifica. Ela imagina que ele já não consegue sentir tão bem depois de tanto tempo convivendo com aquilo. Will e Leroux ficam um de cada lado dela, enquanto entram na sala de estar. Os móveis datados parecem levá-los de volta à década de 1940. Há uma espreguiçadeira de veludo verde diante de um belo conjunto de janelas. Os abajures são primorosamente projetados e lançam uma luz tranquila pelo ambiente. Obras de arte cobrem as paredes, várias pinturas de diferentes épocas e estilos. É parte museu e parte bordel. Se não estivesse tão assustada, ela teria achado charmoso.

Então, ela o vê.

No meio da mesinha de centro, em um prato espelhado, está o anel de sua avó. Ela vai até ele, se agacha para vê-lo mais de perto. Ela não o usa porque é pequeno demais, mas sempre o deixa na mesinha de cabeceira. É reconfortante dormir perto dele. No entanto, como mal dormiu na própria cama nos últimos dias, e quando fez isso estava pensando nos assuntos do trabalho, não percebeu que havia sumido.

— John. — A voz dela falha, e ela segura as laterais da mesinha de centro. Ele corre até o lado dela, colocando a mão em suas costas.

— Muller, qual é o problema? Você precisa ir embora? — Ele analisa freneticamente o rosto dela, e então move os olhos para o anel à sua frente. — O que está acontecendo?

De repente, ela sente como se estivesse em perigo. Olha ao redor, esperando que ele apareça. Ele não aparece.

— Esse anel. Ele fica na minha mesinha de cabeceira — diz ela, sem expressão, sem tirar os olhos da joia.

Ele abre a boca e acena para um fotógrafo registrar o objeto.

— Muller, você quer dizer que isso costumava ficar na sua mesinha de cabeceira da última vez que você se envolveu com ele?

Ela nega com a cabeça devagar, finalmente erguendo os olhos para encará-lo.

— Não. Estou querendo dizer que ele estava na minha atual mesa de cabeceira. Na minha casa atual. Isso foi tirado do meu quarto em algum momento na última semana. — Ela se levanta rapidamente, precisando de um instante para se equilibrar quando Leroux se levanta com ela. — Ele esteve na minha casa, John.

Ela engole um soluço, sentindo o corpo oscilar com a ideia. Sente que está perdendo o controle.

— Wren, não sei o que dizer. Eu realmente não sei o que dizer — Leroux morde o lábio, ansioso.

— Está tudo bem. Vamos lidar com isso mais tarde. Eu consigo lidar com isso mais tarde. Vamos em frente — diz ela, reafirmando sua decisão.

— Tem sangue aqui. — Leroux aponta para o batente, que está sujo de sangue fresco. Gotas pingaram no chão, logo abaixo. Os olhos de Wren vão até o vidro verde estilhaçado à sua esquerda, e ela percebe que alguns pedaços têm sangue fresco neles também.

— Talvez alguém tenha se cortado nesse vidro quebrado — aponta ela, sem expressão.

— Pegue algumas amostras — Leroux instrui outro policial e acena para Wren acompanhá-lo até outro cômodo.

Eles vão para a cozinha. É impecável e bem iluminada. Uma caneca de café está no balcão, meio bebida. Um arrepio percorre a coluna dela. Quando passam para a sala de jantar, outra cápsula do tempo que parece um bordel antigo, um policial do andar de cima grita para eles a respeito de uma caixa com roupas da possível vítima dentro.

— Se importa em dar um pulo lá? — Leroux gesticula para o fotógrafo, que sobe correndo a escada barulhenta até o segundo piso.

— Definitivamente, tem alguma coisa morta lá fora, mas, a julgar pelo cheiro forte aqui, tem alguém morto aqui dentro também.

— Disseram que tem alguma coisa no porão. — Will se balança nos calcanhares. — O pessoal disse que parecia ser só o cheiro de fora entrando na casa, mas depois viram o freezer aberto.

— O freezer? — Leroux ergue as sobrancelhas.

— Vamos? — Will dá um passo para o lado para deixá-los ir na frente.

Wren assente e segue Leroux até a escada do porão. O odor os faz engasgar. Tem uma camada diferente do cheiro lá de cima ou lá de fora. É espesso o bastante para parecer areia molhada enquanto descem os degraus.

Quando dobram a esquina lá embaixo, Wren não sente nenhuma familiaridade ali. Ela nunca esteve naquele porão, mas é exatamente como ela imaginava. É limpo, estéril e organizado.

Bem no fundo do porão, perto da parede, há uma fileira de cadeiras. Elas têm braços grossos e firmes. Faz com que ela se lembre dos móveis de um tribunal do júri. Quando se aproxima delas, Wren percebe que foram presas no chão, com uma camada de cimento mantendo-as no lugar. Os braços são circundados com tiras de couro e correntes sólidas, enferrujadas e cobertas com uma camada grossa de sangue marrom-avermelhado. Os assentos das cadeiras têm manchas e poças de sangue, e mais sangue escorreu pelas pernas, até o chão logo abaixo.

— Imagino que não eram usadas para estudos bíblicos — comenta Leroux, e se agacha perto delas, usando uma mão enluvada para balançar a perna de uma cadeira, que não se mexe. — Não deixe de pedir para alguém vir aqui embaixo pegar amostras disso.

O ar é espesso; Leroux usa a manga de sua camisa para se proteger, pois o odor pungente de carne podre quase o sufoca de tão forte. Wren se aproxima do freezer branco no canto. A tampa está aberta, e a tomada está jogada no chão. O cheiro se torna mais parecido com o de carne. As camadas de fedor explodem como granadas a cada passo. Ela chega perto do freezer, querendo ver o que está lá dentro. Ela não tem medo da morte. Tem medo do que os mortos têm a dizer.

— Muller, o que tem aí? — pergunta Leroux, ainda parado perto das cadeiras.

Ela a vê agora. É jovem, o cabelo loiro escurecido pelo sangue e vários outros fluidos corporais que escaparam neste local de descanso profano. Seus olhos vermelhos e sem vida já foram verdes ou azuis. Mas agora estão enevoados e ensanguentados. As bochechas estão inchadas, e Wren consegue ver onde o sangue vazou de seus olhos, nariz e boca, depois de algum tipo de ferimento traumático.

— O que ele fez com você? — ela pergunta, em voz alta. Estende a mão enluvada para tocá-la, mas se detém.

— Bem, pelo menos nós sabemos de onde vem esse cheiro. — Leroux aparece ao lado dela, gesticulando para outro policial se aproximar. — Vamos lá para cima para podermos respirar por um segundo.

Wren se vira para encará-lo, rompendo seu transe por um momento.

— O quê? Não. Foi exatamente por isso que eu vim aqui. Sou uma médica-legista. Tem corpos aqui para serem analisados.

— É claro, Muller, mas isso é demais. Está tudo bem se você precisar de um pouco de ar fresco por um segundo. Ninguém culparia você — Leroux diz e bate de leve no ombro dela com seu ombro, em uma demonstração de conforto.

— Estou bem. Este é meu trabalho. Só preciso pegar meu kit. Eu deixei lá em cima — ela responde com severidade, e segue até a escada, olhando de relance para as cadeiras mais uma vez.

O coração dela está acelerado no peito, e os cheiros de carne podre e colônia masculina começam a se misturar em um coquetel enjoativo. A cabeça dela está atordoada, mas ela a balança. Ouve Leroux e Will a seguindo bem de perto e consegue ouvir suas conversas baixas enquanto os três voltam para a cozinha.

— Não saia do lado dela enquanto estiver aqui — diz Leroux baixinho para Will, quase baixo demais para que Wren ouvisse.

— É claro — Will responde rispidamente.

Enquanto pega seu kit sobre a mesa, ela se recompõe um pouco. Quando se vira para descer a escada novamente, um policial mais velho aparece vindo do corredor.

— Estão ouvindo a música? — ele pergunta.

Wren se esforça para ouvir em meio a todo o movimento da casa. Will e Leroux também esticam os pescoços. Ela realmente ouve algo ao longe. É fraco e parece estar vindo lá de fora.

Leroux acena para eles.

— Vamos. Está lá fora. Nós temos policiais nos fundos, verificando a área agora.

Os três saem da casa, e a música fica mais nítida. O oceano de árvores diante deles permanece quieto mas não em silêncio. Ainda está um pouco abafado, mas, sem dúvida alguma, é "Black Magic", de Badwoods, que se sobrepõe à orquestra orgânica do pântano. A trilha sonora é doentiamente animada, e a dissonância é assustadora. Wren respira fundo, tentando se livrar da ansiedade que ameaça consumi-la.

— A assinatura do Cal está em toda parte — ela declara, se lembrando da sensação de ser sufocada pela música em seus momentos mais apavorantes como Emily.

— Ele era um garoto do teatro? — Leroux lhe dá um sorrisinho sutil ao olhar para ela por sobre o ombro.

Ela está grata pela leveza que ele traz ao momento, e responde:

— Não, mas imagino que esteja tentando compensar isso agora.

Eles descem os degraus frágeis da varanda dos fundos e sobem nas placas de madeira que levam até uma área densamente arborizada. Os ciprestes se prendem uns aos outros de todos os ângulos, e o sol não consegue penetrar no cobertor que as árvores formam nesta área. É para cá que ele traz suas vítimas. É aqui que ele corta a pele de suas pernas e pés enquanto elas tentam fugir dele. A sensação neste lugar é sombria e ameaçadora, saturada com o mal que o tocou por tanto tempo.

Eles entram no jardim dos fundos juntos, com um policial atrás e outro na frente. Leroux e Will empunham suas armas. Enquanto seguem juntos, a música fica cada vez mais alta, competindo com os mosquitos que zumbem com mais força nas árvores. O cheiro de podridão é quase demais para suportar, quanto mais eles entram nesse campo de caça. Quando chegam à margem da água, ela vê o epicentro.

— Chegamos à origem do cheiro — ela sibila, apontando para o corpo escuro caído ao lado da água lodosa.

Os três se movem juntos, e o odor de podridão se torna sobrenatural. O corpo está se decompondo rapidamente, graças ao clima e aos insetos, mas Wren identifica a vítima como homem. Há um ferimento aparente em sua têmpora que parece ter sido feito com arma de fogo. Wren tira uma foto rápida com seu celular e pega as pinças de seu kit para começar a trabalhar. Ela desaloja a bala da entrada do ferimento, segurando-a no nível dos olhos.

— Ainda bem que você está aqui, Muller. Você estava certa. — Leroux balança a cabeça, cobrindo a boca e o nariz com uma mão enluvada.

Ela dá um sorrisinho, guardando a bala em um saco de evidências e colocando-o de volta na bolsa médica. Quando fecha a tampa, Leroux arqueia as costas e solta um uivo como se fosse um animal ferido. Ele se inclina para a frente e depois cai de lado, segurando a perna esquerda. Os olhos de Wren se fixam na flecha de caça saindo de sua panturrilha. É de metal e comprida. O ferimento que ela cria é maior que o esperado. Wren se inclina para começar a cuidar dele.

— Policial ferido! — Will grita.

Assim que ele faz isso, outro tiro é disparado em sua direção. Esse encontra seu alvo nas costas de outro policial. Ele cai para a frente, e Wren não consegue evitar um grito. Leroux geme de agonia, segurando a perna e vasculhando as árvores freneticamente. Will está parado perto de Leroux e de Wren agora. Ninguém consegue determinar de onde vieram os tiros no caos, e agora eles se sentem como alvos vivos.

Um galho se parte.

— Emily.

A voz é calma, e é familiar. Wren ergue os olhos do ferimento de Leroux e o vê. Ele sai de trás de uma árvore antiga, segurando uma besta nas mãos. E a aponta diretamente para ela. O cabelo comprido cai em sua testa, como costumava acontecer na última vez que ela o viu. Ele usa uma camiseta preta com calça jeans escura e botas estilo combate pretas. Parece calmo e satisfeito. Ele leva um momento para observá-la. Sob seu olhar, ela se sente imediatamente transportada para aquela noite há sete anos. Sente a mesma urgência e a mesma raiva. Ele tem os mesmos olhos mortos, e, com os anos que se passaram, eles se tornaram ainda mais escuros.

Por um segundo, ela simplesmente encara Cal, Jeremy ou quem quer que ele seja hoje em dia. Ela sabe do que ele é capaz. Ela tira a arma das mãos de Leroux e se levanta, apontando para Cal. Ele mantém a besta apontada para ela, e o sorriso torto se espalha lentamente em seu rosto. Ele abaixa a arma na lateral do corpo.

— Atire nele! — Leroux grita aos pés dela.

Ela hesita, momentaneamente paralisada no lugar, incapaz de mover o dedo para apertar o gatilho. E, de repente, há um estalo. Ela observa quando ele cambaleia para trás, derrubando a besta e levando a mão ao peito. Ele cai de joelhos, e rola o corpo para baixo de um arbusto ali perto, desaparecendo imediatamente entre a folhagem espessa. O sol tem dificuldade para atravessar a copa das árvores. A escuridão espreita por toda parte, mesmo sob a luz do dia. Wren ainda está paralisada de medo, segurando a arma ainda apontada para o espaço vazio onde ele estava, segundos antes. Ela olha para a direita, onde Will está parado de maneira protetora, abaixando a arma que acabou de disparar. Uma lufada de ar escapa dos pulmões dela.

Policiais correm na direção da folhagem baixa, com Will logo atrás deles.

— Muller, fique com Leroux! — ele grita por sobre o ombro.

Tudo o que ela pode fazer é concordar com a cabeça, ainda encarando o lugar onde Cal estava parado. Ela ouve os galhos partidos e as ordens incoerentes, mas é como se sua cabeça estivesse submersa em água. Ela se obriga a permanecer alerta, e um som atravessa o ar. Isso faz seu coração acelerar e um suor frio se formar em sua testa. Dois tiros, com uns dez segundos de diferença um do outro, fazem os pássaros saírem em revoada, gritando sobre suas cabeças. Ela arregala os olhos para a cena por um momento. Cada mosquito, pássaro, sapo e folha trabalham em conjunto para obrigá-la a voltar ao presente. Ela os escuta.

— Dra. Muller.

Um jovem policial sai do meio das árvores, fazendo Wren se sobressaltar e segurar a arma com mais força entre as mãos. Ele vê o medo dela e ergue as mãos, falando com suavidade.

— Desculpe pelo susto. Broussard está com o suspeito. Só precisamos confirmar que ele está morto.

Wren abaixa a arma de Leroux, inspirando o ar quente e concordando com um gesto de cabeça. Ela olha para Leroux.

— Você vai ficar bem aqui?

— E eu tenho escolha? — ele brinca e faz uma careta com o esforço, ainda segurando a perna. — Tome cuidado, Muller.

— Estou bem. Chame os médicos para cuidarem dele, por favor — ela orienta o jovem policial.

Ele se aproxima deles, já segurando o rádio em seu ombro e pedindo ajuda médica. Wren suspira, secando o suor da testa e caminhando em direção às árvores. Ela consegue ouvir os policiais conversando ali perto enquanto abre caminho entre as raízes grossas dos antigos ciprestes. A barba-de-velho faz cócegas em seu rosto. Ela vê galhos quebrados e pegadas pesadas na terra. Tudo se move e respira. A cena é pesada e viva.

— Muller. — Will a surpreende quando ela se aproxima. — Ele deu um tiro na própria boca.

Ele diz as palavras bruscamente, e ela engole em seco para processar a informação o mais rápido que pode.

— Vou confirmar — ela responde. — E obrigada.

Will aperta a mão dela quando ela passa por ele.

— Não há de quê.

Ela solta a mão dele e caminha na direção do corpo de Cal. Ele está de costas, com sangue espalhado no rosto e no peito. Seus olhos estão abertos, encarando-a do chão molhado que os cerca. Sempre tão limpo e arrumado, ele finalmente parece o monstro que era por dentro.

Ela calça uma luva e se inclina para verificar a pulsação dele. Não há sinal.

— Está morto — diz ela friamente.

Ela pega o celular e liga para o escritório, solicitando a presença dos assistentes e dos técnicos. Assim que se vira para olhar os policiais que estão atrás dela, algo chama sua atenção. Algo no rosto que olha para ela parece fora de lugar. Ela usa a mão enluvada para limpar o sangue do rosto dele, virando-o levemente para examiná-lo. Ao encarar os olhos verdes do homem, ela sente o coração parar. Suas mãos tremem ao erguer a camiseta preta dele sobre o abdome, procurando o ferimento do tiro que Will lhe deu mais cedo. Em vez disso, encontra carne suave e não violada.

— Esse não é ele — ela declara, sem acreditar. Ela cai na posição sentada, e se arrasta para trás, no chão, para colocar distância entre si e esse desconhecido. Pela primeira vez, um morto a assustou.

— É claro que é ele! — Will corre para a frente para segurar os ombros dela. — Muller, o que você está querendo dizer?

Ela balança a cabeça, sentindo o pânico crescer dentro de si, e grita:

— Não! Não é! Não é ele, Will!

— Você o reconheceu antes. Você o viu. Vocês reconheceram um ao outro.

— Reconheci. Nós nos reconhecemos. Era ele aquela hora. Mas não aqui, não agora — ela explica e respira fundo. — Não tem o ferimento a bala do tiro que você deu.

Ele mexe a boca para falar, mas nada sai. Seu olhar repousa no corpo sem vida ali perto, e é claro que ele está tentando encontrar a lógica disso tudo.

— Isso é impossível. Dei um tiro no peito dele.

— Se foi um tiro de espingarda autoinfligido, onde está a arma? Ele não atirou em si mesmo. Ele levou um tiro do cara que arrumou a cena para que nós o encontrássemos.

Os olhos de Will vão de um lado para o outro, entre ela e o corpo. Ele ergue os olhos e aponta um dedo para um policial parado ali perto.

— Revirem este lugar por dentro e por fora. Encontrem-no. Agora.

Os policiais se espalham em diferentes direções.

Ele olha para Wren e chama um policial, que corre para o lado deles.

— Leve a dra. Muller de volta para Leroux, e providencie para que os dois sejam tirados daqui em segurança com os médicos.

Wren abre a boca para protestar, mas Will a interrompe novamente.

— Seu trabalho está feito. Vá com Leroux para o hospital.

Wren se levanta e aperta o braço dele antes de se virar e voltar pela vegetação espessa com o policial escoltando-a. Quando se aproxima da ambulância estacionada no gramado, ela acena para o paramédico.

— Estou indo — diz ela.

O médico concorda com um gesto de cabeça, abrindo as portas da ambulância para revelar Leroux em uma maca. Ele está sentado e lhe dá um olhar de alívio.

— Acabou? — pergunta ele.

Ela balança a cabeça, sentando-se do lado dele, em um banquinho. As portas se fecham com força, e o motor ganha vida.

— Não — responde ela, com suavidade.

Leroux tenta capturar seus olhos, mas ela não consegue focar.

Ela os ergue para encará-lo.

— Ele escapou, John.

CAPÍTULO 35

Jeremy emerge do pântano fora de sua propriedade e faz uma pausa para recuperar o fôlego. O colete à prova de balas sob a camiseta arranha sua pele recoberta de suor. Ele nunca mais quer usar um desses. Aperta e sufoca, mas ele está grato por ter funcionado quando foi preciso. Sugando o ar úmido ao redor, ele toca o vergão em seu peito, que começa a inchar e a ficar vermelho.

Melhor que um ferimento de bala.

Ele avança através do pântano espesso que se estende à sua frente. A água morna encharca as pernas de sua calça, deixando um rastro de musgo para trás. Ele sente a lama se acumulando em suas botas cada vez que puxa o pé para tentar dar mais um passo. Acena para afastar uma nuvem de mosquitos, e eles se espalham momentaneamente, só para se reagrupar em volta dele com fervor crescente, prontos para marcá-lo com um milhão de feridas que coçam por sua insolência.

Não vai demorar muito até que Wren descubra que o corpo que ele deixou para trás não é o dele. Assim que isso acontecer, ele não tem dúvida de que ela vai juntar as peças bem rápido. Ela ainda é tão inteligente quanto ele se recorda, e é motivada por uma raiva profunda. Isso irradiava de seus olhos quando ela o encarou. Como os mosquitos que o atacam sem piedade agora, Wren estava sedenta por seu sangue também, e deve estar insaciável agora. Mas ele venceu essa batalha, e logo vencerá a guerra.

Ela não conseguiu atirar nele. Ele observou o dedo dela pairar no gatilho, mas nunca apertar. Ele se pergunta se isso mudaria agora. Infelizmente para Wren, ela nunca terá a chance. Ele estará a centenas de quilômetros deste lugar muito em breve. Enquanto ajeita a mochila nos ombros, ele abre caminho entre as árvores que o agarram e o arranham. Não há uma trilha aqui, mesmo assim ele conhece bem o caminho. Uma vez seu pai o trouxe aqui para tentarem caçar jacarés. É claro que não conseguiram.

Ele está bem ciente dos monstros que compartilham este espaço com ele. No escuro, seus olhos brilham como acontece nos pesadelos. Eles se movem com habilidade na lama, com caudas capazes de incapacitar um homem mais rápido do que qualquer arma. Eles são os verdadeiros carniceiros, implacáveis e sanguinários. E, esta noite, ele será um deles.

O sol se põe no horizonte, e os sons da noite se erguem em sincronia, enquanto ele caminha na direção da estrada que se estende à sua frente.

AGRADECIMENTOS

Ao meu John, obrigada pelo apoio de sempre e pelo encorajamento, mesmo quando eu tinha certeza de que essa coisa de escrever não ia dar certo. Obrigada por cuidar das meninas enquanto eu ficava sentada batendo no teclado, tomando centenas de xícaras de café sempre que uma rápida explosão de inspiração surgia. Obrigada por me dar confiança para começar este livro desde a primeira frase. Eu te amo e te valorizo infinitamente. Você é um verdadeiro presente. Prometo nunca te caçar no pântano da Louisiana.

A Karen, agradeço por você ser a sogra que ninguém acredita poder existir. Você é generosa e está sempre disposta a me mandar escrever enquanto faz alguma coisa divertida com as crianças. Te agradeço mais do que você imagina, e não teria sido capaz de terminar este livro sem você.

Mãe e Pai, eu sei que já dediquei o livro a vocês, mas, já que vocês me deram a vida, vale a pena repetir. Obrigada por me darem as ferramentas, a confiança e o amor para escrever este pesadelo. Quando eu era criança, vocês seguraram a minha mão durante meus terrores noturnos, e agora estou retribuindo isso. Juro que isto é um elogio e uma demonstração de amor. Acreditem em mim. Adoro vocês dois.

Ash, você é minha melhor amiga, minha irmã, minha sobrinha e minha sócia. Você fica bem em qualquer chapéu que eu faça você usar, e é uma parte vital de eu ter terminado este livro. Obrigada por sempre ler em voz alta para mim, para que eu pudesse ouvir com uma voz diferente, e obrigada por me permitir te aterrorizar diariamente.

Aos meus irmãos. Amy, você é minha irmã mais velha e uma das minhas melhores amigas. Você é a única que tinha permissão para lavar o meu cabelo quando eu era pequena, e, ainda que eu não possa dizer que isso ainda é verdade (eu mesma lavo agora), gosto de observar pássaros até hoje por sua causa. Obrigada por me proporcionar um amor do tipo batata-smile-com-molho-ranch.

Jp, meu irmão mais velho e também meu gêmeo em outra dimensão. Nós somos parecidos, pensamos parecido e provavelmente iríamos abrir um cubo de Hellraiser e libertar uma centena de cenobitas neste mundo, e iríamos fazer um *high-five* mesmo assim. Obrigada por me encorajar e por criar comigo.

Agradeço ao dr. Stone. Você me deu a chance de entrar em um mundo no qual eu sempre quis colocar os pés, e sou eternamente grata pelo que me ensinou. Este livro nasceu da sala de autópsia, e você é o motivo pelo qual pude vivenciá-la.

Ao meu bando: Seth, Andy, Marissa, vocês arrasam de um jeito que nem consigo descrever. E isso é uma coisa e tanto, porque, nas palavras imortais de Josie "Nojenta" Geller, "As palavras são minha vida!". Obrigada por serem pessoas com quem eu posso contar, e por me fazerem sentir que isso era possível.

À minha agente literária, Sabrina. Sabrina, agora nós somos uma. Você está presa comigo para sempre. Obrigada por lidar com minhas loucuras, minhas neuroses e minha necessidade constante de estar no controle e de informar cada mero detalhe de tudo o que aconteceu durante a criação desta história. Você me tornou uma escritora melhor, e estou feliz por ter ganhado você como amiga no processo.

À minha editora incrível, Sareena. Eu sinto que o universo nos uniu. Na segunda vez que nos encontramos, você me conquistou, conquistou minha história e me ajudou a transformá-la no que ela sempre devia ter sido. Gosto muito de você. Você fez este livro acontecer, e fez isso da melhor maneira que poderia ter sido. Até o Jeremy ficaria impressionado com você, e isso é ao mesmo tempo impressionante e assustador. Estou feliz por ter dado uma chance para esse mundinho estranho que criei.

Para Zando, agradeço por ver este livro como eu o vejo. Obrigada por tornar realidade o meu sonho de ser escritora.

Agradeço a Stephen King, Patricia Cornwell, R. L. Stine, Christopher Pike, Edward Gorey, Alvin Schwartz e Stephen Gammell. Vocês me ajudaram a aceitar as partes sombrias, assustadoras, amedrontadas de mim mesma contra as quais tentei lutar por muito tempo. Obrigada por inspirarem pessoas estranhas em todos os lugares a criar com suas estranhezas.

A Nova Orleans. Espero que o espírito da sua cidade seja sentido neste livro. Obrigada por me dar um lugar tão inspirador para habitar em minha mente.

SOBRE A AUTORA

ALAINA URQUHART é amante de ciências e coapresentadora do programa *Morbid: A True Crime Podcast*. Técnica de necropsia por profissão, ela oferece uma perspectiva única, de quem está dentro de um necrotério. Alaina é de Boston, onde vive com seu maravilhoso marido, John, suas três filhas incríveis e um puggle branco chamado Bailey. Ela é mais ou menos setenta e cinco por cento café, e acredita realmente que ela e a agente Clarice Starling podiam ter sido amigas.

Antes de escrever seu primeiro romance de terror psicológico, ela se formou em justiça criminal, psicologia e biologia. Quando não está apresentando *Morbid*, é host do podcast original *Crime Countdown*, e de um podcast de filmes de terror chamado *Scream!*. Geralmente ela passa os dias gravando ou eviscerando. Na sua visão de mundo, quando ela desliga o microfone, é porque está na hora de deixar os mortos falarem.

Editora Planeta | **20**
Brasil | ANOS

Acreditamos nos livros

Este livro foi composto em Adobe Caslon
Pro e impresso pela Geográfica para a
Editora Planeta do Brasil em junho de 2023.